Sonya
ソーニャ文庫

溺愛御曹司の幸せな執着

月城うさぎ

JN132333

イースト・プレス

contents

プロローグ

六月の大安吉日。

純白のドレスを纏《まと》った花嫁が美しく微笑んだ。

花嫁の親友である夏月沙羅《なつきさら》は、祝福のベルを聞きながら彼女の晴れ舞台をスマホに収めていた。

誰が見ても幸せな花嫁だ。キラキラとした笑顔が眩《まぶ》しい。

結婚式に憧れがあったわけではない沙羅でも、素直にいいなと思えてしまう。

――綺麗だなぁ。幸せな花嫁さん。

学生時代からの親友が、ふと沙羅に向かって笑いかけた。

「沙羅――！」

勢いよくブーケが自分に向けて投げられる。

「ええ……！」

沙羅はとっさに両手を伸ばし、綺麗なピンク色の花束をキャッチした。親友が満面の笑みを浮かべながら大きく手を振っている。

周囲の視線を一身に浴びて、沙羅の頬に熱が集まってきた。

「次は沙羅の番よ！」

純粋に幸せを望んでくれる親友を見つめながら、沙羅ははにかむ。

「……ありがとう。私も、幸せになりたい！」

拍手が沸き上がった。

気恥ずかしさと嬉しさが混ざり合う。

色鮮やかなブーケをギュッと握りしめながら、沙羅は自分が宣言した言葉を噛みしめた。

――うん、私も幸せになりたいなぁ。

そんな沙羅の宣言を、参列者の他に聞いていた人物がいたことには気づかずに。

沙羅は美しい花嫁のこれからの幸せを想像し、心から祝福していた。

第一章

「……なんで休日まで上司に呼び出されなきゃいけないのよ……」

重い溜息を吐きながら、沙羅はクローゼットの扉を閉めた。

手に取ったのは夏のボーナスで購入したワンピース。マネキンが着ているコーディネートに一目惚れして、ちょっと予算オーバーだったが奮発して買ったのだ。柔らかな生地のブルーグレイのワンピースは胸元のレースが繊細で、ディテールは控えめながらも上品に見える。着心地もよく、裾は膝丈。少し動くと軽やかに揺れた。

まさにデートに着ていくようなワンピースだ。大好きな恋人とのデートであればテンションが上がるところだが、何故自分の上司と会うためにこんなオシャレをしなければならないのか。先ほどから溜息が止まらない。

――面倒くさい……。

土曜日の十八時。スマホのチャットアプリに送られてきたメッセージには、とあるホテルのレストランに来いと書かれていた。おまけにドレスコードとメイクの指定まで入っている。自分の役割を正しく理解してしまい、再度重い溜息が漏れた。

「大方、交際相手と別れるために利用しようってことでしょうね……」

上司の調子のいい笑顔を思い出しながら、沙羅は渋々目的地へ向かう。

移動中に浮かぶのは〝転職〟の二文字。

――気づけばもう二十八だし、ずっとこのままでいいとは思えないなぁ……。

大学卒業後、新卒で入社したのは、今、沙羅を呼び出している上司こと鷹尾楽人《たかおがくと》が社長を務めるベンチャー企業だ。

鷹尾と沙羅は親同士が学生時代からの友人で、また沙羅にとっては高校時代の先輩でもある。幼馴染みとも呼べる気安い相手のため、こうしてプライベートでも時折振り回されることが少なくない。

鷹尾が大学時代に起業した会社は、主に企業のECサイトの開発や運営、売り上げの分析やマーケティング、カード決済の仕組みまでを代行している。

スマホから購入できる手軽さと、使い勝手の良さが徐々に人気になり、ここ数年では大手のECサイトから離脱してこちらを使用する企業が増えるほどだ。この数年で飛躍《ひやく》的な成長を遂げるベンチャー企業の一社に数えられていた。

そんな会社に勤めて早六年。沙羅は営業や新卒採用の人事を経て、今は社長のアシスタントとして鷹尾にこき使われる日々を送っている。

入社のきっかけは鷹尾に誘われたからだ。細やかな気配りができる沙羅の性格は秘書向きだと言われ、自分のアシスタントになってほしいと。だがベンチャー企業らしく、まずは一人数役ができるようになることを求められた。沙羅が法学部出身というだけで、時に法務にまで携わったこともある。

マルチタスクをこなし、この二年でようやく人員的にも落ち着くようになっていた。

短期間で会社がどんどん成長していくのはエキサイティングでいい経験にもなったが、このままずっと鷹尾に振り回される日々を送るのかと考えるとげんなりする。

見目が良く、昔からイケメンと言われ、社交性も高いとなると、女性が放っておかない。経済紙のインタビューを受けている姿などは、調子に乗ってるな……と思ったものだ。

とはいえ、会社のプロモーションになるのでどんどん顔を売ってほしい。その顔とよく回る頭で会社が安泰なら言うことはない。

――でも、自分の尻ぬぐいくらい自分でできるようになりなさいよ。

心の中で悪態をつきながら、沙羅は指定されたホテルのレストランへ足を踏み入れた。

都内のラグジュアリーホテルにあるフレンチレストランは、常に予約で満席なことで有名だ。雑誌で見たときから一度は行ってみたいと憧れていたレストランにこんな形で入ることになろうとは……。遠い目になりかけながら、案内係のスタッフに待ち合わせをしていると告げる。

店内の奥まった席に見覚えのある男の横顔を見つけた。

――いた。

男の目の前には、綺麗な巻き毛を背に流したモデル風の美女が座っている。二人のテーブルにはシャンパングラスしか置かれていない。まだ席に座って間もないのだろうか。

その様子を見て、沙羅はこのまま回れ右をしたくなった。

――絶対嫌だ！　やっぱりろくでもない役目じゃない！

鷹尾が自分をなんと紹介するのか目に見えている。部下というのを隠して、新しい恋人だとでも言うのだろう。

会社が注目され始めてから、鷹尾はわかりやすく調子に乗っている。女性関係が派手になり、付き合うのもモデルやキャビンアテンダントにヨガインストラクターなど、容姿端麗で自信に溢れた女性ばかりだ。

本人は割り切った付き合いをしていると言っているが、相手はどう思っているのかわからない。付き合い始めはそうだとしても、女性側が次第に結婚を迫ってくることもあるだろう。

――貴重な時間をあんな男に使うなんて、不憫《ふびん》だわ……。

交際相手の女性に同情してしまう。そしてこれから悪役になる自分にも。

――これが終わったら転職してやる。

転職活動が面倒くさいなどと思わず、キャリアアップを狙おう。

そう意気込みながらも笑顔を張り付けて、沙羅は鷹尾に声をかけた。

「た……楽人さん」

楽しいことをするのが大好きな鷹尾にぴったりの名前だ。子供の頃を除いて名前で呼んだことなどほとんどないが、恋人なら下の名前で呼ぶだろう。

中途半端なメイクでは鷹尾の恋人に圧倒されてしまうため、沙羅は自分がもっとも魅力的に見えるメイクを施し、この場に来ている。一目惚れをしたワンピースとメイクに費《つい》やした時間をこの男に使うなんてもったいないという憤りを抱えたまま。

「沙羅」

ホッとしたように、鷹尾が沙羅に微笑みかけてきた。途端に、美女の形相が険《けわ》しくなる。

——やっぱり修羅場《しゅらば》じゃない……！

「楽人さん、こちらの女性は？　まさか私以外にも付き合っている人がいたのかしら」

「彼女は、私の許嫁なんだ」

「……！」

——なんですって？

息を呑んだ女性と同様に、隣の席に座らされた沙羅も唖然とした。一体どんな設定で自分はこの茶番に巻き込まれているのか、把握できていない。

——許嫁って、無茶苦茶な紹介すぎる……！

普段自分を「俺」と呼ぶ男が、美女の前で格好つけて「私」へと一人称を変えているのも腕が痒《かゆ》くなった。ひとつのことが気になるとなんだか他のことも気になってきそうだ。

「許嫁って、どういうことなの」

「親同士が決めた婚約者だった。とはいえお互い結婚するつもりはなかったんだ。だが、沙羅のおばあ様がこの間倒れて……死ぬ前に花嫁衣裳が見たいと言われて気づいたんだ。私が本当に大事にしたいのは、彼女なんだと。ずっと妹のように思っていた気持ちは家族愛ではなかったんだと……君を傷つけることになってすまない。私と別れてほしい」

「……ひどい」

——同意しかないわ……。

一体いつの間に自分は鷹尾の許嫁になったのだ。

沙羅の祖母は数年前に亡くなっている。存命中も花嫁衣裳が見たいと言われたことはなく、むしろ今時無理に結婚することもないと言ってくるほど理解力のある女性だった。

鷹尾の嘘に加担したくないが、この茶番を早く終わらせたい。

沙羅は僅《わず》かに俯《うつむ》いて伏し目がちにして、実家で飼っていた犬が亡くなったときの光景を必死に思い出そうとする。そして潤《うる》んだ瞳で女性に頭を下げた。

「ごめんなさい、あなたから奪うようなことをして」

——でもここで別れた方があなたのためだよ……これ以上この男に時間を使う方がもったいないって。

これは人助けなのだと自分に言い聞かせた。本当は、謝罪するべきなのは沙羅ではなくこの男なのだが……。

「いや、沙羅は悪くない。俺が自分の気持ちに気づくのが遅くなってしまったから、彼女を巻き込んでしまったんだ」

一人称を俺に変えて、さりげなく沙羅との親しさをアピールしている。沙羅の目元の雫を拭《ぬぐ》うように鷹尾が触れてくるのがとても気持ち悪い。

その手は綺麗なのか、ここに来る前に洗っているのかと訊きたくなる気持ちを抑えつつ、鷹尾と視線を合わせた。傍から見たら、その光景はバカップルと言えよう。

巻き込まれた鷹尾の恋人は、シャンパングラスをグイッと呷《あお》った。そのままバッグを手にし、「帰るわ」と言って去っていく。

後ろ姿も美しい。馬鹿らしいと思っていることがありありとわかる。

心の中で謝罪しながら彼女の後ろ姿が完全に消えたのを見届けると、ようやく肩から力が抜けた。

「はぁ〜〜〜〜っ」

「長くね？　溜息」

「うるさい、この馬鹿社長！」

周囲には聞こえないよう小声で罵倒《ばとう》する。

「プライベートの問題で休日に呼び出さないでよ。いい加減、自分の交際相手くらいちゃんと自分で責任持って誠実に対応してください」

「だって向こうが結婚してほしいって迫ってくるんだもん。俺はちゃんと割り切った関係って言ってたし、向こうも最初同意してたのに」

「三十にもなって、もんとか言わない。……彼女も付き合っているうちに社長が心変わりするかもと期待していたんでしょう。こんなクズに引っかかるなんてかわいそうに……。もう二度と、私をこういうことに巻き込まないと約束してください」

「わかった、約束するよ。それで、せっかくだし嘘を本当にしてみるってのはどうだ？」

「はあ？」

「許嫁ってやつ」

こんな状況でにこにこ笑う神経が理解できず、沙羅の頬が引きつった。

「寝言は寝て言ってください」

「え～。冗談じゃないんだけどなぁ」

言動がチャラくてげんなりする。からかっているだけだとわかっているのに、何故真面目に相手をしてしまうんだろう。

――疲れた、もう帰ろう……。

これ以上鷹尾の相手をしたくないし、この場にいたくない。

鷹尾はメニューを見ながら、「せっかくだからここで食べて行けよ」と軽々しく言ってくるが、その神経に呆《あき》れてしまった。先ほどの彼女のことを思うと、とてもそんな気分にはなれない。お腹は減っているし料理に罪はないとわかっていても、ムカムカしている気持ちのまま食べたくはない。

――無理。一人で近所のラーメンでも食べた方がマシ。

「結構です。一人で侘びしく食べたら？」

ハンドバッグを手に持ち、出口へ向かう。おいしそうな料理が運ばれていくのを目の当たりにしたら、少々、いやかなり悔しい気持ちになったが。

――ああ～もうここに来られないかも！　気持ち的に。

鷹尾に名前を呼ばれた気がしたが、無視してそのままホテルを出る。駅まで向かおうとして、足を止めた。

このまま帰るのがなんとなくもったいない。せっかくお気に入りのワンピースを着てメイクもばっちりしているのだ。休日なのだから、本来なら部屋着とノーメイクでダラダラ過ごせていたはずが、時間と労力を使ってここまで来たのに、夕飯が近所のラーメン屋というのも味気ないではないか。

――やっぱり帰るのやめて、この辺のいい感じのお店を探そう。

土曜日の十九時となると、どこのお店も混雑しているかもしれない。

横断歩道を歩くのをやめて、道路の端っこで店を検索する。気持ち的にはラーメンかお寿司が食べたいが、お一人さまでも入りやすくておいしい店ならエスニックでもイタリアンでもなんでもいい。

今日のワンピースはお腹周りも伸縮性があるため、多少食べ過ぎても苦しくならないはず。

検索サイトで周辺のレストラン情報を探していると、ふと視界の端に人影が映った。長身の外国人だ。焦げ茶色の髪はきっと地毛だろう。自然な髪色が少々羨《うらや》ましくなる。

――私も髪色染め直したいな。パーマも落ちてきちゃったし。

胸元でくるんと揺れる髪はわざわざヘアアイロンで巻いたのだ。直毛のためパーマはかかりにくく、しばらくすると落ちてしまう。朝の時短のためにパーマをかけたのに、あまり意味がなかった。髪質によるのだろうか。

そんなことを考えていた直後、先ほど見かけた外国人が近寄ってきた。

「すみません、少しお時間いいですか?」

「……っ! え、はい?」

まさか声をかけられるとは思わず、つい答えてしまった。

――私に限ってナンパのはずがないし。なにか困りごとかもしれないし。でも日本語上手だわ……困りごとってなんだろう。

観光客には見えない。そして改めて正面から見ると、とても容姿が整っていて驚いてしまう。有名なハイブランドの広告モデルにでもなれそうな美形だ。

焦げ茶色の髪は緩く癖《くせ》がついており、緑色の目が美しい。男くささを感じさせない、左右対称の完璧な美貌。眼福という二文字が思い浮かぶ。

――いけない、見惚《みと》れそうになってたわ。

変な顔をしていなかっただろうか。我に返り、沙羅は男に問いかける。

「なにか、お困りですか？」

　道に迷ったのかもしれない。スマホの地図アプリを使用しても、時折ＧＰＳがおかしい土地もある。何故か遠回りをさせられたり目的地にたどり着かなかったことは、十分身に覚えがあった。

「ええ、この辺にあるお店を探しているのですが見つからなくて……先ほどスマートフォンも落としてしまって」

　男が困り顔をした。僅かに眉を下げただけで一気に親しみやすさが湧く。真顔の美形は作り物めいているが、表情が出ると違うらしい。

　彼が持っているスマホの液晶画面はバキバキに割れていた。豪快《ごうかい》に落としたのだろうか、全体的にヒビが入っている。

「あら……これは大変ですね。ええと、なんていうお店ですか？　私が代わりに調べますよ」

「ありがとうございます」

　にこりと微笑まれて、沙羅の心臓はそわそわした。先ほどまでの苛立ちがすっかり消えている。

　美形には怒りを浄化させる力でもあるのだろうか？　とわけのわからないことを考えながら、教えられたお店を地図アプリに入力した。

　が、その検索結果を確認する前に、沙羅のスマホに鷹尾からのメッセージが届く。

【沙羅もう帰った？　やっぱり一緒にごはん食べようよ。お詫《わ》びに好きなものおごるから】

――せっかく浄化された苛立ちが……！

通知をスイッとスワイプさせる。ふと視線を上げると、遠くから鷹尾がこちらに向かってくるのが見えた。

――げっ！

とっさに男性の方へ身体を寄せる。

「どうかしましたか？」

「あ、いいえ、えっと……」

スマホを片手にきょろきょろしている姿を見ると、鷹尾は恐らく自分を追いかけてきているのだろう。今彼に捕まるのは非常に面倒くさい。

沙羅の視線の先に気づいたのか、目の前の男は彼女の肩に手を置いた。

「失礼」

一言声をかけて、沙羅を近くの路地裏へ誘導する。

長身の男の陰に隠れるように立てば、大通りから沙羅の姿は見えないだろう。

鷹尾が沙羅に気づかず通り過ぎるのを確認すると、ほっと息が漏れた。

「……すみません、変なことに巻き込んじゃって」

「いいえ、大丈夫ですが……あの彼は、あなたを捜していたのでしょうか？」

「ええっと、知り合いなんですけど、ちょっといろいろあって……」

沙羅の表情からなにかを感じ取ったのか、男はにこやかに沙羅に微笑みかけて、話題を変えた。

「お腹は減っていませんか？」

「え？　ええ、減って……ます？」

「よかったら私と食事に行きませんか。実は地図で探してもらっていたお店、キャンセルしようと思っていたんです。一緒に行くはずの友人が急に来られなくなってしまって……。もしあなたが付き合ってくれたら助かります。もちろん、私のおごりで」

知り合いには言いにくいこともあるだろう？　とその目が語っていた。

普段なら名前も知らない男性と食事に行くなどあり得ないと断るだろう。だが、ふとここで断ってしまうのが少々惜しく感じた。

——どうしよう……。見知らぬ人と食事なんて危険だと思うけど、お酒を飲んだり羽目を外さなければ大丈夫……かな。

見たところとても紳士的で優しそうだ。世の中、ちゃんとしてそうに見えて危険人物だったというパターンも多いが、ご縁という言葉もあるし、少しだけ話を聞くのもいいかもしれない。この場合、沙羅の方が話を聞いてもらう立場なのだが。

「ご迷惑でなければぜひ」

「よかった。では、案内をお願いできますか」

「ええ、もちろんです。あ、こっちですね」

彼が歩道側を歩き、さりげなくエスコートされる。こういう扱いを受けたことが皆無のため、沙羅の心臓はトクトクと跳ねていた。

――なんだか、むずがゆいような気恥ずかしいような……。

でも嫌ではないのは、この男の声が心地いいからだろうか。耳触りがよくて、苛立ちを消してくれるような穏やかな声をもう少し聴きたくなる。

詐欺《さぎ》やなんらかの事件に巻き込まれないように、個人情報にも気を付ければ大丈夫だろう。

少し緊張しつつも、沙羅は男とスマホの地図アプリが導く方向へ歩きだした。

到着したのはメキシカンレストランだった。

入口から見えるのは、立ち飲みができるようなカウンターバーとテーブル。奥に行くとゆったりとしたスペースになっている。結婚式の二次会にも使えそうな雰囲気だ。

二人が案内されたのはソファ席だった。隣の席とは適度にスペースがあり、上からぶら下がるペンダントライトがアンティーク調でオシャレだ。緑色のソファにはオレンジや黄色のクッションが置かれている。座り心地もよく、うるさすぎないラテンなミュージックが程よいBGMになっていた。

「メキシコ料理は大丈夫？」

「多分……あまり食べたことはないですが。素敵なお店ですね。ここなら一人でも来れたのでは？」

「恋人や友人同士で来ている人が多いのに？　少し入りにくいかな」

男が苦笑した。そう言われると確かに……と納得する。

──だからキャンセルしようとしていたのね。

若い男性の店員がお水とメニューを持ってきた。いくつかオススメの料理を伝えて去っていく。

改めて二人きりになると緊張感がこみ上げてきた。何故自分を誘ったのだろうか。詐欺師という可能性もなくはないが、自分を騙《だま》すメリットがあるとは思えない。

水で喉を潤《うるお》わせながら考えていると、目の前の男が「自己紹介がまだだったね」と告げた。

「私はライナス・ヴィンセント・キングフォード。気軽にライナスでもライとでも呼んでほしい」

「私は夏月沙羅です。沙羅と呼んでください。なんだか今さらちょっと照れますね」

「そうだね」

くすくすと笑う姿も写真集の一枚になりそうだ。先ほどから彼の口調がくだけているのは、これが素の彼だからだろうか。

「サラってどういう字を書くの？」

「沙羅双樹《さらそうじゅ》……ってわかりますか？　仏教の三大聖樹のひとつで……ええと生命の樹と呼ばれたりしてます」

　こういう字、とスマホに打ってみせる。

　ライナスがどれくらい漢字が読めるのかはわからないが、彼は頷《うなず》いていた。

「素敵な名前だね。サラという名前は、プリンセスという意味もあるんだよ」

　柔らかな笑みを浮かべながら告げられる。

「え、それは知らなかったです」

　アメリカやヨーロッパではそういう意味があるらしいが、沙羅の両親が知っていたとは思えない。

　ライナスは沙羅にメニューを見せる。

「なんでも好きなものをオーダーしていいよ。あまりメキシコ料理を食べたことがないなら、私が選ぶけど」

「ではお任せしていいですか。アボカドは好きなので、ディップするものを食べたいです」

「わかった。サルサもあるけど、辛い物は大丈夫？」

「……マイルドがいいかも」

「ではそうしよう」

　ライナスの仕草が丁寧でつい視線を奪われる。メニューをめくる姿ですら上品に見える。

きっとそれが普通の環境で育ったのだろう。

「ドリンクはなにが飲みたい？　甘いカクテルもあるよ」

初対面でお酒を呑むのはやめておこうと思っていたのを思い出す。

オシャレなカクテルはどれもおいしそうで、通常であれば嬉々として注文するところだが、警戒心を忘れてはいない。

――呑みたいところだけど、初対面の男性の前で呑むのは危険だし、我慢我慢……。ノンアルコールにしておこう。

「お酒は得意でないので、モクテルにしますね。……あ、このパイナップルジュースのモクテルおいしそう」

グラスも見た目もオシャレだ。

まだ暑さが厳しい八月の中旬。トロピカルフルーツのドリンクはすっきりしていておいしいだろう。

「苦手な食べ物はある？」

ひとつずつ確認してくれることが優しい。いくらお任せでも、一人で全部決められるより断然嬉しい。

「いいえ、なんでも大丈夫です」

ライナスが選んだのはこの店の人気メニューだった。先ほどオススメされた中から数品。この場でアボカドを選ばせてくれて、目の前で作ってくれるフレッシュワカモレ、白身魚のフリットのタコス、チーズ・ケサディージャ、サーロインのファヒータ。あっという間にテーブルがおいしそうな料理で埋め尽くされた。

「おいしそう……！」

「喜んでくれてよかったよ」

乾杯、とグラスを合わせる。ライナスは白ワインを頼んでいた。

――美形とワイングラスって合うわー。絵になる。

「テキーラじゃなくてもいいんですか？」

「さすがにそれは強すぎるかな」

くすくす笑う表情が柔らかい。

ハッと気づくと、周囲の女性の視線がライナスに向けられていた。

――そうだよね、かっこいい男性にはつい目が行っちゃうよね。わかる。

鷹尾と歩いているときよりも数倍の女性の視線が集まっている気がする。鷹尾も容姿が整っているが、八頭身以上あるだろうこの男性と比べるのはかわいそうかもしれない。

こんな素敵な男性と一緒に食事ができるのは気分がいいし、滅多にない機会だ。

警戒心を捨ててはいけないが、今はこの時間を楽しむことにした。

「このアボカドのワカモレ、めちゃくちゃおいしいです……チップスもおいしい！　いくらでもいけますよ」

「それはよかった。足りなかったらまたオーダーしようか」

サルサもちょうどいい辛さだ。何故今までメキシコ料理を食べてこなかったのだろう。友人同士と食事に行くとついイタリアンや和食になっていたけれど、今度はメキシコ料理も勧めてみたい。

——なんでかな。なんとなくメキシコに苦手意識があったような……？　でもこのお店なら会社からも来やすいし、雰囲気もいいからまた来よう。

そんなことを考えつつドリンクを飲み干した。

甘いモクテルもいいけれど、暑い夏の夜にはモヒートくらい頼みたくなる。

近くの席に運ばれているドリンクにはミントがぎっしり詰まっているように見えた。清涼感たっぷりのカクテル……もしかしたらアルコール度数も高くないかもしれない。

「なにかドリンク頼もうか？　なにがいい？」

ライナスが沙羅の視線を正しく汲み取り、ドリンクメニューを渡してきた。お礼を言い、メニューに視線を落とす。

——よく気が付く人だな……秘書とかホテルのコンシェルジュに向いてそう。

いつもは自分が友人たちの空のグラスに気づく側だが、こうして気遣われるとむずがゆい。けれど心遣いは素直に嬉しい。

メニューを見つめる。やはり今飲みたいのはモヒート一択だった。

——一杯だけならいいよね。私、お酒弱くないからそう簡単に酔わないし！

沙羅の顔を見てドリンクが決まったのだと伝わったらしい。ライナスが通りかかった店員を呼び止めた。

「はい、ドリンクのお代わりですか？」

「え、と……モヒートをひとつお願いします。ライナスさんは？」

「私はビールを」

「かしこまりました」

ライナスがサッとドリンクメニューを沙羅から受け取り店員へ返した。沙羅が思ったことを口にする前に行動してくれるのがありがたい。

——なんか楽な人だな。一緒にいてあれこれ気を遣わなくていいというか。さりげない気配りが上手。

秘書という仕事をしているため、業務中は神経を張り詰めて段取りよく先回りをするようにしているが、プライベートでは極力神経を休ませたい。きっちり仕事をする反面、沙羅は家ではだらしない。元々面倒くさがりなのだ。オンとオフを使い分けなくては疲れ切ってしまう。

新しいドリンクが届いた。思った通りの清涼感で満足だが、思っていた以上にアルコール度数があるらしい。そこそこ強めなカクテルだった。お代わりは我慢しよう。

白身魚のフリットをつまみながら、ちらりとライナスを窺《うかが》った。何度見ても、眉目秀麗《びもくしゅうれい》という言葉がぴったりだ。

しかし何故こんなに日本語が堪能なのだろうか。子供の頃から日本に住んでいるのかもしれない。

年齢は？　職業は？　結婚指輪はつけていなくても、きっと恋人はいるだろう。自分と二人きりで食事など大丈夫なのだろうか……というところまで考えてハッとした。

——いやいや、なんで初対面の男性にここまで興味を持ってるの。そんな根掘り葉掘り訊くような真似したら、あなたのことを深く知りたいと言っているようなものじゃない。

どこまでなら失礼にならない範囲だろうか。彼を恋愛的な意味で狙っていると誤解されたくない。こんなとき、あまり恋愛経験がないことが悔やまれる。

極力世間話に聞こえるように、沙羅はライナスに問いかける。

「ライナスさんは日本語がお上手ですけど、日本生まれなんですか？」

「ありがとう。私は日本に住み始めてまだ半年くらいかな。生まれはウィステリアで、母方の祖母が日本人なんだ。あとは独学で日本語を勉強中」

ウィステリアとは、ヨーロッパにある小さな国だ。親日国としても有名で、日本企業のウィステリア支社も多い。

知識としては知っているが、沙羅は海外旅行をしたことがないため当然ウィステリアにも行ったことはない。だが日本人にも行きやすい国として有名な観光地でもあった。

「すごいですね。それでそんなにお上手だなんて。日本には、お仕事の関係ですか？」

「うん、そうなんだ。日本のオフィスに異動になってね」

海外赴任《ふにん》ということだろうか。そうなると大抵二、三年ほど滞在するだろう。

——まだ半年ってことはあと二年くらいは日本にいられそうね。……って、だから違うって！

また会う機会があるかもしれないなどとは思っていない。彼とはこの場限りのご縁だ。

沙羅はそう自分に言い聞かせるようにグラスに入っているライムとミントをストローで潰《つぶ》し、一口飲んで喉を潤わせた。

ある程度ライナスの自己紹介が終わると、彼は沙羅について問いかけてくる。

「私のことよりも、沙羅の話が聞きたいな。先ほどの男は君の恋人ではないよね？」

「あ……」

すっかり鷹尾のことを忘れていた。バッグに入ったままのスマホを見るのが少し怖い。きっとメッセージがあれこれ来ていることだろう。

「そうでした、巻き込んでしまってすみません。あの人は私の上司でして、私は彼のアシスタントをしているんですが……子供の頃からの知り合いでもあるので、時折プライベートの問題にも巻き込まれるんですよね」

ライナスの綺麗に整った眉毛がぴくりと反応した。

「休日なのに呼び出されて、しかもプライベートの問題に巻き込まれたということか？きっと断りきれなかったんだろうが、公私混同だな。彼が君の上司なら、コンプライアンスに違反するんじゃないか」

これが上司と部下の関係だけならそう言い切れるだろうが、昔からの知人というのが厄介だ。互いの家族も知っており、高校時代の先輩後輩というのも今の関係を曖昧《あいまい》にさせている。

「そうですね、二度と巻き込まれたくないですね。彼女と別れる口実に利用するなんて本当最低」

「つまり、その上司は沙羅と付き合うから別れてほしいと言ったのか？」

「正確には、親同士が決めた許嫁……フィアンセとか言ったんですよ。勝手に私のおばあちゃんが病気だから早く結婚して安心させてあげたいとか……よくもそんな出まかせを」

思い出したらムカムカしてきた。残り半分に減っていたモヒートを一気に呑み干す。

「同じの頼む？」と訊いてきたライナスに頷きそうになったが、「違うのにします」と我慢した。今度はアルコール度数が低めのシャンディガフを。モクテルにするべきだが、あと一杯くらい呑みたい。

通りかかった店員にドリンクを頼み、すぐに新しいグラスが運ばれてきた。

「いろいろと大変だったね」

ライナスが労わってくれるのがありがたい。彼の優しい眼差しに癒《いや》される。

「ありがとうございます。ライナスさんに愚痴《ぐち》を聞いてもらってすっきりしました。面倒くさいと思っていたけれど、これで転職する決意もできたし。履歴書更新しなきゃ」

転職サイトに登録もしておこう。中途採用専門の転職サイトもあったはずだ。この際東京都内だけでなく、いいところが見つかったら関西方面まで視野に入れてもいい。

新しく届いたドリンクを受け取っていると、ライナスが財布から一枚の紙を取り出した。

「これ、私のビジネスカード。もし君が転職を考えているのなら、私のアシスタントに応募してみないか？」

「え？」

差し出されたのはライナスの名刺だった。

そこには沙羅も見たことのある海外の製薬会社のロゴが印刷されていた。

「ここって外資の大企業……って、代表取締役社長……？」

見間違いだろうかと思って目を瞬くが、何度見てもライナス・ヴィンセント・キングフォードの名前がプリントされている。

「シャ、社長サン……？」

「なんで片言なの？」

くすくす笑っている。こんなことで嘘をつかないだろうが、大企業の日本支社の代表取締役社長という肩書が沙羅をパニックにさせていた。

「え、え？　待って。ライナスさんって実はすごく若作りなんですか？　どう見ても私と同年代というか、数歳しか違わないように見えますが」

三十代前半に見えるが、大企業の社長だし、もしかしたら四十代を超えているのかもしれない。四分の一日本人の血が入っているとはいえ、ライナスの外見は西洋人だ。外国人の年齢は外見だけでは見当がつきにくい。

「私は三十二歳だよ。一応社長という肩書だけど、うちのグループ企業のひとつだから、中間管理職みたいなものかな。私がえらいわけではないんだ」

「うちのグループ企業……」

ふたたび名刺を確認する。はっきりキングフォードと書かれていた。

何故初めに気づかなかったのだろう。会社名とライナスのラストネームが一致するとなれば、創業者一族の可能性が高いのに。

——いやいや、外国人の名前や企業名に精通しているわけじゃないし。キングフォードという名前がありふれた名前なのかもわからないし！

道端でたまたま出会った人物がウィステリアのキングフォードグループの関係者だと、どうしたら思えるのだ。日本の財閥関係にも疎いのに、海外となればなおさらだ。

——あれ、今さらだけど、この人一人でふらふら出歩いてて大丈夫なの？　いくら日本の治安がいいとはいえ……もしかしたら離れたところにボディーガードがいるのかもしれないわね。

ちらりと店内を見回すが、それらしき人物がいるかはわからなかった。しかし素人がプロの変装を見破ろうとする方が無理だろう。

「……えーと、つまりリアルセレブってこと？」

「君は面白いね」

面白がられてしまったのが謎だが、気分を害したわけではなさそうだ。

驚きつつも、沙羅は納得がいった。洗練された所作や佇《たたず》まいの上品さは、やはり育ちの良さから醸《かも》し出されるものだったらしい。

——あれ、待って。さっきこの人のアシスタントに応募しないかって言われなかった？

「ライナスさんのところも、人手不足なんですか？」

「そうだね、いくつかの部署でも人材募集はしているけれど。私としては、沙羅には私のアシスタントをお願いしたい。日本語の会話は問題ないんだけど、読み書きには自信がないし、さすがにネイティブとまではいかないから、スピーチの作成や書類関係でサポートしてくれたら助かる。君は現職も社長のアシスタントとして働いているのだろう？」

「ええ、そうですが……でもうちはベンチャー企業なので、わりと一人数役をさせられるんです。私も営業や人事を経て社長のアシスタントをしていますが……秘書としての経験は浅いですし、特別な資格を持ってるわけでもない。製薬関係の知識もまったくないですよ。それでも大丈夫でしょうか」

「十分だよ。むしろいろんなバックグラウンドがある方がいい。業種が違うから最初は戸惑うだろうけど」

「そうですか？　それならよかったです」

本当に問題ないのかはやってみなければわからないが。

自分の名刺もなかったかとバッグを漁《あさ》る。名刺入れは通勤用のバッグに入れたままだが、財布の中には一枚入っていた。

——さすがに名刺まで渡されて詐欺ってことはないよね。名刺を偽造するとは思えないし、嘘をついているようにも見えない。

個人情報の扱いには気を付けようと思っていたが、ここまで来たら仕方ない。もしかしたら転職のチャンスかもしれないと思い、沙羅も自分の名刺を渡すことにした。

「これ、私の名刺です。よかったらどうぞ」

「ありがとう。……ああこの企業、最近よくビジネス誌でも目にするね。これから海外の企業とも提携して、飛躍的な成長を遂げるだろうと思っていた。有望な会社でビジネス戦略も面白い。雑誌に載っていた社長の写真は、確かに女性が放っておかなそうだったな」

「いやいや、ライナスさんの足元にも及びませんよ」

鷹尾はアイドルグループにいても違和感がないようなイケメンではあるが、女性にモテるからという理由だけで筋トレをするような男だ。見るからに紳士なライナスの方がよほどかっこいい。

ライナスは苦笑しながら採用について続ける。

「私のメールアドレスに履歴書《レジュメ》を送ってくれたら、採用チームに転送しよう。興味があったら来週の金曜日までに送ってもらいたい」

「ありがとうございます。頑張って履歴書を書いて、送らせていただきますね。でも、社長自ら声をかけるのは大丈夫なんですか？　会社のルール的に」

「それは問題ないよ。ヘッドハンティングはどこでもあることだし、会社のカルチャーにフィットする人材を見つけて、社員が知人や友人を積極的に誘う取り組みもしているから。うちの会社では日常茶飯事……というと語弊はあるけど、そんなに珍しいことではないんだ。採用チームの目は厳しいが」

「なるほど……それならよかったです」

きっと応募のチャンスをくれただけで、彼が直接採用に携わるわけではないのだろう。沙羅の他にも候補者はいるだろうし、沙羅とは少し話した相手というだけで知人ですらない。

外資の大企業ともなればコネより実力主義だろう。ちゃんと公平な目で判断されるはず。

――受かる自信はないけれど、チャンスをもらえてありがたいわ。就職活動なんてしたことないし、経験のひとつとして頑張ってみようかな。

沙羅は大学時代に今の会社に誘われて入社が決まったため、就活というものをほとんどしていない。

まずは履歴書を書いてみなければ。ネットで書き方を検索してみよう。

「もし転職をやめて今の会社にいることにしても、また私との食事に付き合ってくれたら嬉しい」

ライナスが寂しそうな顔で懇願してくる。

「えっと、私でよければ……」

すぐに蕩《とろ》けるような微笑みに変わった。

彼のキラキラした笑顔を目の当たりにして、沙羅の頬が赤くなる。

頭の片隅では、まだ完全に信用しては危険だと思っているのに、つい頷いてしまう。美形の微笑みは有無を言わせない破壊力を持っているし、ここで嫌だと言うのは良心が咎める。

――身元がはっきりしているから騙されてはいないと思うし、こんな美形が私を恋愛的な意味で狙うとも思えないから、そこの心配はないだろうし……。

いいお友達になれるだろうか。いや、もしライナスの会社に転職が成功してしまったら、お友達というのも難しいだろうが。

「それなら連絡先を交換しよう。チャットアプリがいいかな。フレンドリクエストを送っても？　ああ、よかった。画面は割れているけど、まだ動きそうだ」

「それはよかったです。私のＱＲコード読み取れますかね？」

豪快にヒビが入っているが、一応使用できるらしい。とはいえガタガタになっているスマホの画面が使い物にならなくなるのも時間の問題だろう。

沙羅のＱＲコードを読み取ってもらい、友達申請が届いた。すぐに彼から「ありがとう」と書かれたスタンプが送られてくる。

鷹尾に可愛らしいキャラクターのスタンプを送られてもイラっとしかしないのに、ライナスがキャラクター付きのを送ってきただけでちょっと可愛いなと思えてしまう。

――これが美形の魔力……！　いやいや、ギャップがあざとい！

かっこいい人の意外な一面にちょっと胸キュンしてしまったが、冷静になれと自分に言い聞かせる。今夜のミッションは無事に帰宅することだ。一人で。

すっかりドリンクを飲み干し、料理も食べ尽くした。デザートが入るスペースもない。

お手洗いから戻ってくると、彼はその間に会計を済ませていた。

ライナスが沙羅をエスコートし、店の外に誘導する。

「おいしかったです、ごちそうさまでした」

「こちらこそ、楽しい時間をありがとう。私一人の食事だったらとても退屈だっただろう」

「でも半分くらい私の愚痴に付き合わせてしまってすみません。次はなにか楽しい話題を持ってきますので」

——次があればだけど！

自分で言っておきながら、次の食事を誘っているみたいで恥ずかしくなってきた。

笑顔で誤魔化そうとするが、ライナスは嬉しそうに頷く。

「ありがとう、楽しみにしているよ。次の食事は沙羅の転職祝いになるといいね」

「そ、そうですね……」

——怠《なま》けずに転職活動を頑張らなければ。やっぱりいいや、と思いそうになるから明日は絶対履歴書を完成させよう！

つい楽な方へと行きそうになる心を叱咤《しった》する。ライナスの笑顔を見ていたら、不思議とやってみようという気力が湧いた。これが美形の力か……。

駅まで歩くと、ライナスが沙羅をタクシーで帰そうとする。まだまだ終電には早い時間だ。

「大丈夫ですよ。まだ電車ありますし」

「電車はあっても、夜道は危険だ。女性を一人で歩いて帰らせるなんてできない。タクシーに乗ってほしい」

「いえいえ、そこまでされるのは……」

重い、とは言えないが、迷惑になるからと丁重に断ろうとする。

だがライナスもなかなか引かず、自分と一緒にタクシーで送られるか、一人で大人しくタクシーに乗って帰るかの二択を迫られてしまった。

――どうしよう……ここから自宅まで数駅だから本当に電車でも大丈夫なんだけど……紳士はそういうことはさせられないのかなぁ。

この東京駅から沙羅の自宅まで電車で二十分もかからないが、タクシーで帰宅すると五千円もかかってしまう。夕ご飯をご馳走《ちそう》になり愚痴まで聞いてもらい、転職先まで紹介された上にタクシー代までというのは、かなり心苦しい気持ちになるが……。

「では、お言葉に甘えて……あ、一人で帰れます」

「よかった。でも少し残念だな。タクシーの中で沙羅ともう少し話せると思ったのに」

「……っ！」

――天然？　タラシ？

深い意味はないのだろうと思うのに、あまり色事に慣れていないため心臓が跳ねた。ライナスから漂う色香のせいだ。

沙羅が無駄にドキドキしている間に、ライナスがタクシーを捕まえている。運転手にお札を一枚渡したように見えた。

「彼女を自宅まで送ってもらいたい」

「はい、かしこまりました」

助手席の後ろのドアが開く。

「さあ、乗って」

「あ、ありがとうございました」

「こちらこそ。連絡、待ってるね。おやすみ、沙羅」

「おやすみなさい」

タクシーの後部座席に座り、運転手に住所を伝えると、扉が閉まりタクシーが発車した。

ライナスの姿が見えなくなると、詰めていた息をそっと吐き出す。

――ヤバい、胸がドキドキする……。美形は心臓に悪いわ……。それにあっちは絶対に遊び慣れてる！　カクテルで酔わなくてよかった……。

あのような男に惚れたら火傷《やけど》をするどころではないだろう。隣に立って並ぶところを想像してみるが、うまくイメージできなくてすぐに打ち消した。

胸の高鳴りは恋の予兆などではない。慣れない経験をして、神経が高ぶっているだけだ。

——そうよ、まるでお姫様扱いとか思っていないし……！　きっと二十八にもなってまともな恋愛経験がないからこういうことに免疫がないのよ……。

認めたくないが、沙羅の初恋相手は鷹尾だった。子供の頃から時折会っていた二歳上のお兄ちゃんは面倒見がよくて、一緒に遊ぶのが楽しみだった。

鷹尾と同じ高校に行きたくて、頑張って進学校の受験もした。彼はあの頃から人前に出ることが得意で、生徒会長を務めていた。

けれど時が経つにつれ、彼への想いは恋愛感情ではなく憧れの気持ちだったと気づき、同級生の男の子と交際もした。だがキス以上の行為に進むことはなく、ピュアな高校生カップルのまま三か月で別れてしまった。

別れた原因がなんだったのか未だにわからない。ある日突然相手から理由もなく別れを告げられてしまったからだ。

大学に進学した後も一度だけ彼氏ができたが、やはり数か月で破局。身体の関係を結ばないまま社会人になり、鷹尾に振り回され続けていたらあっという間に二十八になっていた。

正直、今は別に恋人は必要としていない。経済的にも一応は自立できたし、寂しいと感じる暇もないまま仕事に打ち込んできたから。

けれど今年の六月、親友の結婚式に参列して初めて羨ましいと思った。

ウエディングドレスに憧れがあるわけではないし、結婚式を挙げたいわけでもない。ただ、同じ速度で歩いて支え合えるパートナーがいることが純粋に眩しく映った。

結婚しなくても幸せになれる時代にあえて二人でいることを選ぶ理由は、それほど相手を愛しているからなのだろうか。

自分も幸せになりたい。愛する人が隣にいてほしい。結婚はまだよくわからないけれど。死ぬまでに一度でいいから大恋愛をしてみたいものだ。

沙羅はタクシーの窓から見える、いくつものマンションの窓の明かりを見ながらぼんやりとそんなことを考えていた。

◆　◆　◆

週末は鷹尾からのメッセージをスルーしていたため、週明けの彼の構ってぶりが若干鬱《うっ》陶《とう》しかったが、おおむね平和に過ごした。そして木曜日の夜にライナスにメールで履歴書を送った。

人生の転機はわくわくするが、同時にストレスでもある。大きな変化を望んでいるのに、今のままでもいいのではと、保守的になりそうな気持ちが幾度となく訪れた。

けれどメールを送ったことで達成感があったのは確かだ。最近私生活でこういったことがなかったから、なにかを始めるというのは気分がいい。

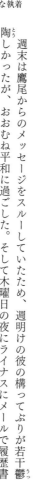

履歴書を送る前、ライナスの会社とキングフォードグループについて調べてみたが、沙羅が考えていた以上の規模で思わず変な声が漏れてしまった。グループ企業は製薬会社以外にもバイオテクノロジーやエネルギー産業に化粧品、リゾート開発など、多岐《たき》にわたり、ここもあそこもというくらい、キングフォードグループの傘下《さんか》に入っている。そのうちのひとつは沙羅の友人が勤めている企業だった。

恐る恐るライナスの名前を検索すると、どこかのインタビューに答えている写真が検索のトップに出てきた。やはりというか、ライナスはキングフォード一族であり、いわゆる御曹司というものだった。

「元を辿るとウィステリアの貴族だったりして……いや、やめよう。本当にそうだったらどう接したらいいのかわからない」

本人に訊くつもりもない。ご実家は実は由緒正しいお城とかあり得そうだが、想像に留めておく。

しかし、そんな御曹司が一人で歩くのはいくら日本でもやっぱり危険なのではないか。それとも日本だから一人で気軽に動けるのだろうか。

「国に帰ったらきっと護衛がいるんだろうな……とんでもない人にごはんをご馳走になってしまった」

そう呟《つぶや》き、はたと気づく。またごはんに付き合ってほしいと言われていたのだった。

その次の機会が本当に来るかはわからないが、緊張せずに話せる自信がない。

調べない方がよかったかもと若干後悔しつつ、気持ちを切り替える。

「ま、いっか。変に気を遣う方が相手に失礼かもしれないし、気にしないようにしよう」

沙羅のもとにライナスの会社の採用チームから面接希望の連絡が届いたのは、週明けのことだった。

第二章

　十月初旬。沙羅は無事に転職し、新しい職場で働き始めていた。

　転職先はライナスが経営する製薬会社。履歴書を送った後、あれよあれよという間に面接が進み、社長のアシスタントとして雇われることが決まったのだ。

　最終面接は社長のライナス本人だったが、実は、自分との最終面接の段階では採用が決まっているのだと後で教えてもらった。人事との面接はとても好印象だったと聞き、少し憂いが消えた。とはいえ、ライナスに対して忖度《そんたく》がなかったとも言い切れない。周囲からそういう目で見られることも覚悟して、できるだけ早く自分が使える人間だと示していきたい。

　鷹尾とは何度か話し合いを繰り返したが、溜まっていた有給も消化できて最後は円満に退職できた。他で経験を積んでまた戻ってきてもいいと言われたが、そうならないように頑張ろう。

社長秘書という業務は、前職とはまるで違っていた。会社の規模が違えば使ったことのないシステムも覚えなくてはいけないし、会議室をひとつ予約するだけでも最初はうまくいかず、戸惑うことも多かった。けれど社長のライナスが率先して優しく声をかけて気遣ってくれるので、悩むことも少なく、なんとか対応できていた。いい人の部下になったなと素直に思えた。鷹尾のときは丸投げが多かったから。

――社長室の人たちも皆優しいし、わからないことはすぐに教えてくれて人間関係は良好だけど、目下の悩みは女性陣の視線が強いことかな……。

前任の社長のアシスタントは五十代のベテラン女性だったが、家庭の事情で退職している。そのためライナスはなるべく一人で対応しつつ、後任者を探していたらしい。

若くて素敵な御曹司が日本支社の社長に就任したとなれば、女性社員が騒がないはずがない。しかもライナスは独身で恋人もいないらしい。我こそはと立候補したい独身女性は少なくなさそうだ。

――まあ、あからさまにアピールしてくる人はほとんどいないし、皆大人の対応をしているんだけど……視線がめっちゃ刺さる。

多くの女性にとって、ライナスはきっと憧れの芸能人のような存在なのだろう。本気で付き合えるとは思っていないに違いない。付き合えたらいいなと思っても、結婚したいとまで思っている猛者《もさ》は少なそうだ。

そんな環境下で、沙羅は今まで以上に身なりに気を遣うようになっていた。日々のスキンケアは欠かさないし、清潔感のあるネイルの手入れも怠《おこた》っていない。女性社員とすれ違うときに感じる品定めのような視線に耐えるために、なるべく隙を作りたくないのだ。

——あとは私の仕事ぶりで認めてもらえるように頑張らないと。

実力主義の会社だ。使えない人間と思われたくない。社長本人が見つけてきた人材というのは社長室の人たちにも知れ渡っているから、何故引っ張ってきた？　と彼の評判を落とすようなことだけはしないようにしなければ。

「——さん。沙羅さん」

「っ！　はい、なんでしょう？」

ライナスに声をかけられていたらしい。ハッと隣を見ると、会議室から戻ってきた彼が沙羅のデスクの隣に立っていた。

「そろそろランチ休憩に入ろう。君も一緒に食べないか」

「あ、はい。なにか買って参りましょうか。今日の午後は会議や来客のご予定はありませんが」

「それなら外に食べに行こうか。近くに穴場の洋食屋さんがあるんだ。きっと君も気に入ると思うよ」

「……ありがとうございます」

スケジュールに余裕があるとき、ライナスは必ずと言っていいほど沙羅をランチに誘う。きっと入社したばかりの沙羅を気遣ってのことだろう。せっかくの厚意を無下にすることもできず、未だに沙羅はライナス以外とお昼休憩をとったことがない。

オフィスを出るまで、いつも内心はらはらする。ライナスは誰に対しても紳士的なため、扉を開けるのも彼がするし、どこでもレディーファースト精神を発揮している。だからこそモテるのだろうが、通り過ぎる社員たちの視線はやはり気になってしまう。

――仕事の会話でもできたらいいんだけど、余計なことは言えないし、なにが守秘義務に当たるかわからないから……なにを食べるかとか訊いたら、この二人一緒に休憩時間を取ってるの？　と邪推《じゃすい》されるし……！　事実だけど。

エレベーターのボタンの前で一階に到着するまで静かに待っていると、隣に立つライナスが気遣うような声音で言った。

「少し疲れているようだけど、大丈夫？」

「え？　ええ、大丈夫です。考え事をしていまして」

「そう、なにか負担になることがあったらいつでも言ってね。君には早く仕事に慣れてもらいたいとは思っているけれど、ストレスは溜めてほしくないから」

「ありがとうございます、大丈夫ですよ。皆さん優しくしてくださいます」

「その中には私も入っているのかな？」

「も、もちろんです。社長が一番優しいです」

「よかった、君に嫌われていなくて」

「……！　あ、着きましたね。お先にどうぞ」

エレベーターの到着音が響き、開のボタンを押す。

ライナスの後ろにも人がいたため、彼は黙って先にエレベーターから降りた。その後を数名無言で降りていくが、今の会話を聞かれてどう思われていたのかを考えるとちょっと気が重い。

——聞きようによっては口説かれていると思われそう……いやいや、考えすぎかな。

少し先を行くライナスの後を追うように裏口からビルを出た。その後は横に並んで雑談しながら歩き、あっという間にライナスの目的の店に到着した。

「ここだよ」

彼が扉を開けて沙羅を先に中に入れた。

店内は小ぢんまりとしているが、木の温もりが感じられる可愛らしいお店だった。カウンター席と、テーブル席が三つしかない。お昼時間だが、運よくテーブル席がひとつ空いていた。

「いらっしゃいませ」

メニューとお冷が運ばれてくる。お昼のメニューは数種類しかないが、そのどれもおいしそうだ。

「よく来るんですか？」

「うん、たまにね。今までは一人で来ていたけれど、沙羅と一緒に来られて嬉しいよ」

さらりとそんなことを言われるが、他意はないに違いない。

——社長、休み時間になると呼び捨てになるのよね……外国式なのかもしれないけど。社内では沙羅さんと呼ばれている。苗字ではないのは沙羅の名前が外国人に言いやすいからだろう。

メニューは定番のハンバーグやチキンステーキ、ハヤシライス、オムライスなどだった。町の洋食屋さんというラインナップだ。サラダとドリンクもついていて千円未満はお手頃だろう。

「迷いますね……なににしようかな。社長はもう決まりましたか？」

「オフィスの外では名前で呼んでほしいな」

——え、名前か……。

役職名で呼ばれることに抵抗があるのか、それとも周囲に知られるのが嫌なのかもしれない。沙羅たちが座る席は店の奥にあり、近くの席とは距離があるが。

——オンとオフで分けたいのかもしれないわ。

「では、ライナスさん」

「そろそろライって呼んでほしいな」

「そ、それはちょっと馴れ馴れしいかと……」

「ダメ？」

目の前の美形に小首を傾げられ、思わず視線を逸らしてしまう。

——あ、あざとい……！　いや、天然なんだろうけども！

おかしい。面食いではなかったはずなのに、ライナスといると彼のペースに呑まれてしまう。

呼び方を変えるくらい別にいいではないかという気持ちと、いくら社外とはいえニックネームで呼ぶような馴れ馴れしさは適切ではないという気持ちがせめぎ合う。恋人でもあるまいし……とまで考え、外国人の場合、ニックネームで呼び合うのは親しい知人でもあり得ると思い至った。

「………では、二人きりのときなら」

「ありがとう、君にそう呼んでもらえるのは嬉しいよ」

にっこりと笑った顔もまた麗しい。

――いい加減平常心でこの笑顔をかわせるようにならないと、心臓がもたないわ……。

二人とも同じハンバーグを頼み、綺麗に平らげた。食後のホットコーヒーを飲みながらライナスを窺う。シンプルなカップを持ちあげているだけなのに、何故こうも目を奪われるのだろうか。

食事の所作も上品だし、町の洋食屋さんが高級レストランにも見えてくる。

――住む世界が違う人って本当にいるんだ……不思議なご縁だわ。

あの日鷹尾のもとから去って、一人で駅に向かっていなかったら声をかけられなかっただろう。もし鷹尾と一緒に食事を摂っていたら、あるいはあの道を通っていなかったら、こうしてライナスと出会うことはなかった。

そう思うと、腹立たしい思いをしたけれど、鷹尾に呼び出されてよかったのかもしれない。あの日から鷹尾は沙羅を利用することもなく、たまに世間話程度のメッセージが来るだけになっていた。

――なんだかんだで、先輩には感謝かな……。大学卒業後に私を雇ってくれたし、いろんな役割を与えてくれて鍛《きた》えられたし。あの会社も一人で起業して、業績だって順調に上がっているんだからすごい人ではあるんだよね。頭もいいし。

ただ少し調子がいいだけ。面倒見がよくコミュニケーション力も長けていて、明るい性格は万人から好かれる。沙羅とは幼馴染みだから甘えがあったのだろう。

「どうかしたの？　心配事でもある？」

ライナスに声をかけられて、はっとした。カップの中身は空になっている。

カップをソーサーに置いて軽く首を左右に振った。

「いえ、なにも。ただ、不思議だなと思って、ちょっと振り返ってました。あの日ライナスさん……ライ、に出会わなかったら、私がこうしてここにいることもないんだなって」

初めてライと呼んで、少しくすぐったい。なんとなく気恥ずかしさがこみ上げてくる。

「あのとき、声をかけてくれてありがとうございます」

これからがどうなるかわからないが、新しいキャリアを作れる一歩を踏み出すことができたのは彼のおかげだ。転職の機会に恵まれたのは幸運だった。

「お礼を言いたいのは私の方だ。沙羅が来てくれて仕事が捗《はかど》って助かっている。それに君はちゃんと自分の実力で面接に合格したのだから自信を持っていい」

「よかったです、ありがとうございます。早く使える人材になりますので、気になった点があったら指摘してくださいね。きちんとサポートできるよう頑張ります」

「うん、ありがとう。期待しているよ」

ライナスが優しく微笑むので沙羅も照れそうになった。

この笑顔とお礼だけで仕事を頑張れる女性社員は多そうだ。自分もその一員になる日は遠くないだろう。

オフィスに戻り、残りの仕事に精を出す。夕方になると、ライナスはヨーロッパの本社との会議に入る予定だ。時差があるため、彼が定時で上がれる日はあまり多くないらしい。

沙羅が社内広報用の社長のインタビューの原稿を確認していると、ライナスの会議時間がやってきた。社長室の扉をノックし、会議室への移動を促す。

「ああ、もうそんな時間か。ありがとう」

パソコンを片手に移動するライナスを見送り、ふたたびデスクに戻った。鷹尾は沙羅を必ず会議に出席させていたが、ライナスは一人で移動するし会議にも同席させない。沙羅には沙羅の仕事があるからということらしい。

——海外との会議は確かあの部屋よね……一度だけ入ったことがあるけど、ビデオ会議に役員専用のモニター付きの会議室があるってすごい……。

壁一面に高精度のモニターがあるビデオ会議室というのを初めて見たときは驚いた。基本的には役員が使うことになっているが、使用していないときは他の社員も利用できるそうだ。鷹尾の会社にいたときも、パソコンのカメラを通したビデオ会議を行ってきたが規模が違う。大企業とベンチャー企業の違いを実感させられたことのひとつだ。

社長へのアポイントメントのスケジュールを調整し、頼まれていた資料を集めていたら終業時間になった。この会社は基本朝九時から八時間勤務だが、フレックスタイムを導入しているため個人によって就業時間が異なる。

沙羅はライナスの出社時間に合わせて朝九時に出社している。

——急ぎの仕事は終わったし、今日は帰ろうかな。社長戻ってきてないけど。

終業時間が来たら自分に構わず帰宅していいと言われている。

窓の外を確認すると日が落ちていた。まだまだ紅葉には早いが、少しずつ日が短くなってきたのを感じる。

——そうだ。秋物の洋服を見に駅前のデパートに寄ろうかな。夜はデパ地下のお惣菜《そうざい》でも買って。そういえばまだ自分に就職祝いを買ってなかったし。

ダイエットを忘れてケーキを買うのもいいかもしれない。有名店がいくつか入っていたのを思い出し、うきうきしながら帰り支度をする。

パソコンの電源を落とし、引き出しに仕舞った。デスクの上はなにも置かないようにするのがこの会社のルールらしく、最後にウエットシートでデスクをサッと拭《ふ》く。

トレンチコートを羽織っていると、人の気配がした。ライナスが会議から戻ってきたらしい。社長室に行くには、沙羅のデスクのある秘書室を通ることになる。案の定扉が開き、ライナスが現れた。

「お疲れ様です」

「お疲れ様。ああ、もうこんな時間か」

ライナスが壁掛け時計を確認した。

「社長ももうお帰りになりますか？　この後の予定は特に入っていなかったと思いますが」

「そうだね、私も帰ることにしよう。ああ、そうだ。沙羅さん、ちょっといい？」

「はい」

社長室に招かれ、中に入る。なにか気になることでもあったのだろうか？　と思いつつライナスに近寄ると、彼に今夜の予定を尋ねられた。

「特に用事がなかったら食事に行かないか？　君の歓迎会もできていなかったしね」

「え、歓迎会ですか？」

なんとも日本的だなと考えてしまう。海外でもこういった誘いがあるのだろうか。

——でも先輩方からは今日歓迎会をするなんて聞かなかったけど……水面下で準備されてたとか？

社長室付きの者は沙羅を除いて二人いる。仕事内容は秘書とは少々違うようで、アシスタント業務をしているのは実質沙羅だけだ。

「特に用事はないですけど……他の皆さんも一緒ですか？」

「いいや、私と君の二人きりで」

「……！」

一瞬ドキッと胸が高鳴るが、今さら緊張するのもおかしいと言い聞かせる。

――今日のお昼だって一緒に食べてるし、二人きりの食事も普通にしているんだから。ただの食事よ、なにもないって。

と自分自身に言い聞かせつつも、二人きりの歓迎会という響きがなんだか少し……色っぽく感じられてしまう。自分の妄想が恥ずかしい。

「えっと、ご迷惑でなければぜひ」

「よかった。それならなにが食べたい？　沙羅が食べたいものを食べに行こう」

――あ、呼び捨て。

今は業務外ということらしい。それなら歓迎会というのも仕事の一環ではなく、完全なプライベートなのだろう。

「食べたいもの食べたいもの……お昼が洋食だったので、さっぱりとしたものがいいかもです。和食かなぁ……」

昼がハンバーグだったため魚の方がいいかもしれない。寿司もいいが、意外と寿司は糖質が高いので、今の沙羅としてはあっさりした健康的なものが食べたい。

「あ、でも和食が苦手でしたら他のでも！　私アレルギーなどはないので、なんでも食べられます」

「私も苦手な食べ物はないよ。ではさっぱりした和食にしようか。どこがいいかな」

ライナスがスマホを取り出したので、沙羅はすぐに提案する。

「あ、私が予約します。恵比寿にある和食のお店がおいしいので、よかったらそこにしませんか。十九時に二名席が空いているか電話してみますね」

会食などのセッティングは前の仕事でも今の仕事でもよくしていることなので、値段も高すぎず味もおいしく、落ち着いて食事ができる店をいくつか把握している。

「ありがとう。では任せるよ」

ライナスの返事に頷き、すぐにスマホで店の電話番号を検索し、連絡をとってみる。

そこがダメなら他にも候補はいくつかあったが、運よく席は空いていた。

「ソファ席とダイニングテーブルではどちらがいいですか？」

「私はどっちでもいいよ。沙羅が落ち着ける方にしよう」

——やっぱり女性の扱い、慣れてるな……女性の意見を優先させるのも、優しいというかなんというか。

表情を変えずに、沙羅は頷いた。

「……では、ソファ席をお願いします。……はい、十九時に二名で。ありがとうございます。よろしくお願いします」

電話を切り、ライナスに予約できたことを告げる。

「ここ、いろんな地域の日本酒が呑めて、比内《ひない》地鶏の焼き鳥がおいしいんですよ。お魚料理もあるんですけど、あとお鍋もあって。鍋はまだちょっと早いかしら？」

「そう、おいしそうだね。沙羅が嬉しそうでよかった」

「……っ、すみません、まだ職場なのにはしゃいでしまって。私そんなに食いしん坊じゃないんですけど」

「うん、おいしい食べ物が好きなだけだよね」

あまりフォローになっていないなと思いつつ、人目を避けるためオフィスの地下にタクシーを呼んだ。沙羅は電車で移動しても問題ないのだが、隣の目立つ御曹司になにかあったらと思うと、タクシーの方がリスクが少ないと思ったのだ。もちろん、日本で銃撃戦など想定しているわけではないが。

「あの、普段はどうやって通勤しているんですか？　まさか電車に乗っているわけではないですよね」

「車が多いよ。タクシーもたまに乗るかな」

「なるほど、そうですよね」

彼ならなんとなくお抱えの運転手がいそうだ。いや、確実にいるだろう。

電車を利用したこともあるらしいが、人ごみが苦手らしい。でも新幹線で富士山を見たときは感動したそうだ。

「新幹線で旅行に行ったんですか？」

「いや、ビジネストリップだった。でも今度はゆっくり京都の紅葉を見たいと思うんだ。素晴らしい景色だと聞いているよ」

「ゆっくりは難しいかと……京都の紅葉は人気の観光スポットなので、観光客が世界中から来ますから。人ごみも避けられないと思います」

「やっぱりそうか……京都は一年中混んでいそうだな」

「確かに、オフシーズンがないイメージですね。でも京都ならなんとか日帰りでも行けますし、宿泊しなければふらっと遊びに行けそうですよ」

そう言いつつ、沙羅も高校の修学旅行以来京都に行っていない。秋の紅葉は一度見に行きたいと思うが、人ごみを考えると少々勇気がいるのも本音だ。そこにライナスがいたらさらに混雑しそうな気がする。

そんな、他愛もない会話をしていたら目的地に到着した。財布を取り出そうとすると、ライナスがさっとカードで支払いを済ませてしまう。

「あ、ありがとうございます」

「どういたしまして。さあ、行こうか」

予約時間の五分前に店に到着し、席に案内された。

ソファ席は半個室になっており、落ち着いて食べられそうだ。

ライナスに奥の席に誘導され、気遣いをありがたく思う。

店員にドリンクメニューと一品もののメニューを渡されて、ライナスとまずはドリンクを選ぶ。日本酒の種類が豊富だと謳《うた》っているだけあり、どれを選ぶか迷ってしまう。

「沙羅はお酒好きなの？　前はモクテルも飲んでいたけれど」

「はい、好きです。モクテルのときは、初対面で呑まない方がいいかなって。いえ、酒癖が悪い自覚はないんですけどね、一応、念のため」

「でもその後はモヒート呑んでたよね。あれはよかったの？」

「う……それは暑かったたし、もうお酒呑まないとやってられないってなったんです……。まあ、そんな話より、なににしますか？　日本酒以外にもありますけど」

痛いところを突っ込まれ、内心ドキッとする。当初警戒していたとは言いにくい。思えば、ライナスのことは初対面から信頼していたのかもしれない。でもいろいろ詮索されても答えにくいので、誤魔化すように話を逸らした。

「せっかくだから日本酒を頼もうかな。選べなかったらお店の人にオススメを訊こうか」

「では先に料理を頼みましょう」

料理と合うお酒を選んでもらうのがいいだろう。コース料理もあるようだが、単品をいろいろと頼むことにした。

自家製のごま豆腐、ふろふき大根、比内地鶏の焼き鳥の盛り合わせに本日のお刺身五種盛り、自家製の茶碗蒸しも出汁《だし》がきいていそうだ。

店員に勧められた辛口の日本酒を頼むと、木箱ののったトレイを持ってきて、日本酒用のお猪口《ちょこ》を選ばせてくれる。

「わあ、かわいい！　素敵なお猪口ですね。全部種類が違う」

「お好きなのをどうぞ」

全部素敵なので悩んだが、沙羅は江戸切子《きりこ》の赤いお猪口を選ぶ。ライナスも、沙羅が選んだのと同じデザインの青色を選んだ。どうやらペアで揃《そろ》えられているらしい。

先ほど注文した日本酒が目の前で徳利《とっくり》に注がれ、沙羅たちのテーブルに置かれた。

早速沙羅がライナスのお猪口に日本酒を注ぐと、すぐにライナスも沙羅のお猪口に注いでくれる。

「いいね、こうやって選ぶ楽しみがあるのも。とても繊細なグラスだ」

「綺麗ですよね。たくさんある中から選べるのってときめきますね」

「トキメク、とはどういう意味？」

「なんでしょう、胸がわくわくドキドキする感じ？　心が弾むような感情でしょうか」

「そう、可愛いね。トキメク、か……」

男性的で骨ばった手が小さなお猪口を持ち、口に運んでいる。喉ぼとけがこくり、と上下した。満足そうに味わっている様子に思わず見惚れそうになる。

――日本酒を呑んでいるだけで綺麗な手……、って、いけない。邪《よこしま》な目で上司を眺めるなんて。

上下する喉ぼとけも男性的でセクシーだとか決して思ってはいけない。

――あれ、どこに視線を定めたらいいんだろう。

どうもライナスを見ていると、普段は考えもしない想像が膨《ふく》らみそうな気がする。

沙羅は誤魔化すように視線を手元に落とし、赤い色のお猪口を持ちあげた。一口味わい、くいっと呑み干す。

「おいしい」

「とてもおいしそうに呑むね。でもあまり呑み過ぎないように。ちゃんとお水も飲むんだよ」

そう言いながら、ライナスが空いた沙羅のお猪口に日本酒を注いだ。

「ありがとうございます。ちゃんと気を付けながら呑みますね。明日は土曜日だけど、上司の前で泥酔する失態は犯しません」

「そう？　それはそれで残念だな。沙羅が酔ったら私が介抱してあげようと思ったのに」

くすくすと笑う声がくすぐったいが、その言葉が本心なのか冗談なのかわからない。

――よし、甘い言葉は全部聞き流そう。呑み過ぎは危険。ちゃんとセーブしなきゃ。

チェイサーのお水もきちんと飲む。あらかじめ店ではテーブルに水差しを用意しており、各々が注げるようになっている。

「ライが酔っぱらっても私じゃ抱えられないので、気を付けてくださいね」

「そうだね、ほどほどに楽しもうか」

頼んでいた料理が次々と運ばれてくる。自家製のごま豆腐の滑らかさを堪能し、お刺身と焼き鳥のおいしさに舌鼓《したつづみ》を打つ。

溶き卵に甘辛のつくねをディップしていると、同じくつくねを食べているライナスが「おいしい」と呟いた。

「おいしいですよね。私焼き鳥の中だと、つくねが二番目に好きです。軟骨が入っているのもいないのも、両方好き」

「へえ、一番目はなに？」

「一番は、うずらの卵かな……お店によってあったりなかったりなんですけど、ベーコン巻きとかもおいしいんですよ」

「それは焼き鳥なの？　鶏肉ではないけど」

「一応、鶏のカテゴリーということで」

ライナスが笑う。彼の笑い声は耳に心地よく響いた。

「ライは日本に来ておいしかった食べ物はなんですか？」

「そうだね、たくさんあるけれど……沙羅と一緒に食べた料理は全部おいしかったよ。日本ではなにを食べてもおいしいけど、沙羅と一緒に食べる食事が一番おいしい」

「……そうですか、それはよかったです」

そろそろライナスの言動にも慣れてきた。きっと彼は一緒に食事をする女性を気持ちよくさせたい人なのだろう。度重なる褒《ほ》め言葉のような言動に初めはドキドキしたが、女性に恥をかかせてはいけないという教育を受けてきたのに違いない。他のウィステリア人男性も同じかはわからないが、彼は特に紳士なのだ。

海鮮茶碗蒸しは具がたっぷり入っていた。エビの食感を楽しみながら日本酒も呑むと、身体がぽかぽかとしてくる。

「あ、銀杏《ぎんなん》」

「ギンナン？」

「これ、イチョウの木の種？　実？　ですね。ほら、オフィスの前にも扇っぽい葉っぱの木があるでしょう？　まだ色づいていないけど、秋になると黄色くなる。あれがイチョウの木です」

「ああ、Gingkoか。その実が食べられるとは知らなかったよ」

「栄養たっぷりだとは思うんですけど、これ、実を踏んづけるとすっごい臭いんですよ。小学校の校庭にイチョウの木がたくさん植えられてて、秋になると銀杏が落ちてきて大変だったな……」

「そうなんだ」

茶碗蒸しを食べながらライナスが楽しそうに相槌《あいづち》を打ち、沙羅はハッとする。お酒が入ったことで少し口が軽くなっているようだ。男性相手にこんな昔話をすることなんてこれまでなかったのに。

「ごめんなさい、私喋《しゃべ》りすぎてますよね。お酒入ってるからついどうでもいい話を……」

チェイサーのグラスを手に取り、水を飲む。この調子でいらないことをペラペラ喋ったら、後で恥ずかしくなるだろう。

「そんなことないよ、君の話がたくさん聞けてとても楽しい。もっと沙羅のことが知りたくなる」

「……っ！」

柔らかく微笑まれる。その顔はとても優しくて、愛おしいものを見つめているように見えて、沙羅の心臓がドクンと脈打った。

胸の奥がそわそわと落ち着かなくなる。

そんな表情、まるで……。

――恋人に見せるみたい。

そんなはずはないのに、そう思われても仕方がないような眼差しだ。きっと店の人たちは、二人がただの仕事仲間だとは思わないだろう。同じ柄のお猪口を選んだ時点で、そういう関係だと思われていてもおかしくない。

――ど、どうしよう……。急に緊張してきた。

ライナスの眼差しは本当にただの部下に見せるものだろうか。そもそも自分が会社に誘ったからとはいえ、こんなに頻繁に食事に誘うものなのだろうか。

面接に受からなくてもこれからも食事に付き合ってほしいし、友人になってほしいとは言われていた。だから沙羅もプライベートの時間のときは、ライナスを「ライ」と呼ぶようにしたのだが……いくら鈍くても、ライナスにはなにか別の感情が潜んでいるのではないかと思わずにはいられなかった。

「ライ、あの、ひとつ訊いてもいいですか？」

「うん、なに？」

「どうして……、その、こんなに私によくしてくれるんですか？」

手のひらはじんわりと汗をかいていた。冷たいグラスを握っていたのに、緊張しているのだろう。

ライナスの目を直視するのが少し怖い。だが、一度口にしてしまった疑問は取り消せない。

視線を上げてライナスを窺う。彼は一瞬きょとんとした表情をしたが、すぐにふわりと笑った。

「そうだね……どうしてかと言われると、私が君を幸せにする男だからだよ」

「……え？」

なにを言われたのか理解できなかった。少し呑み過ぎてしまったのだろうか。

するとライナスがはっきり告げる。

「私は沙羅を幸せにしたいんだ。君を幸せにする男は私でありたい」

その台詞はまるで、プロポーズのようではないか。

「え、え？　ライが私を幸せにしたい……？」

じわじわと顔に熱が集まってくる。

これまでこのような局面に陥《おちい》ったことがなくて、どうしたらいいのかわからない。

幸い、他の客にはライナスの声は届いていないようだ。誰にも聞かれていなかったことに安堵しつつも、脈拍が速く呼吸も乱れてきた。

——これは、冗談では流せない……！　でも……！

ここから一歩踏み込んだら平和な職場環境に影響が出るかもしれない。だが、ここで逃げたらずっと心が乱れるだろう。

だが、どういうことなのか追及する前に、ずっと変わらない笑みを浮かべていたライナスが口を開いた。

「沙羅の理想の男がどんな男なのか教えてほしい。もう少し乱暴な方が好み？　君の前の上司のように、私も一人称を『俺』に変えようか。私の一人称はビジネスに一番適したものを使っているだけで、特にこだわりはないんだ。他の呼び方が好きなら、沙羅の好みに合わせよう。教えて。君は『僕』と『俺』と『私』の、どの呼び方が好き？」

思いがけないことを訊かれて、脳内の処理が追いつかない。

一人称は言わば自分のアイデンティティだ。どれを使うかは自分自身で決めるものだ。もちろん他人にどう思われたいかという判断基準もあるだろうけれど、ビジネスや公の場で一番適したものを選んでいるだけで、プライベートの一人称はその人自身が決めるべきことである。

——英語だったら「I」だけだもんね……。

頭の片隅で冷静なツッコミを入れるが、違う、そうじゃないと頭を振った。背筋に寒いものが走りそうになったが、まずは話を聞こう。

「つまりライは、私が『僕』という呼び方をしている男性が好きだと言ったら、僕呼びに変えるということ……？」

「うん、その通りだ。沙羅がそう言うなら、私ではなく僕に変えることにしよう」

「……！」

——え、それは……。

まずくはないだろうか、と口元が引きつった。未だかつてこのようなことを言う男性と遭遇《そうぐう》したことがない。

「待って、どうして私にそんなことをゆだねるんですか？　あなたの一人称はあなたが決めるべきだし、私はライがどうしようと気にならないです。そ、それに、私を幸せにする男ってどういう意味？」

「そのまんまの意味だよ。君が幸せになりたいと言ったから、私が幸せにする男になりたいと思ったんだ。沙羅に理想の男性像があるなら、できる限り私が君の理想になれるよう頑張るよ」

「……？」

頭の疑問符が消えない。

高速で頭を働かせるが、自分は彼の前で幸せになりたいなどと呟いた記憶はない。それとも酔った勢いでそんなことを言ってしまったのだろうか。だが記憶が曖昧になるほどライナスの前で呑んだことはない。飲酒量はきちんとセーブしていたはずだ。

――いずれにせよ、そんなことを私が言ったからって、どうして彼がそれを叶えようとするの？　意味がわからなすぎて混乱する……！

ライナスは綺麗な顔でにこにこと笑っている。変なことを言ったという自覚がないのだろう。通りかかった店員に声をかけて、新たな日本酒を頼んでいる。

戸惑っているのは自分だけ？　と沙羅はジト目でライナスを見つめてしまう。

「……ではもし、私の理想の男性が野球選手だと言ったら、ライは今からでも野球選手になるんですか？」

「うーん、そうだね、プロ入りは難しいから草野球から始めようかな」

「では弁護士がかっこいいと言ったら？」

「社長を辞任して法学部に入り直そうか。うちの会社には優秀な人材がたくさんいるから、後任の者はすぐに見つかるだろう」

「……っ！　冗談です、弁護士に興味なんてないです」

「そう？　それならもう少し社長を続けようかな」

まるで社長の座に興味がないとでも言いたげだ。

自分の発言ひとつで彼の人生が変わるのだと思うと、軽い冗談さえ言えなくなる。一気に背筋が寒くなった。

――本気、かもしれない……。言葉には気を付けないと……。

どういうわけか、沙羅の理想の男になりたいと言いだしたが、それが恋愛的な意味だとは思いたくない。いや、そもそも好きだと告白されたわけではないので、そういう感情が込められているわけではないのかもしれない。

——落ち着け、私……。こんな美形に好かれる理由はないし、早とちりは恥ずかしすぎるから余計なことは言わないようにしなきゃ。

理想の男のことを訊かれても、正直言って思い浮かばない。

好きなアイドルがいるわけでもないし、あまりイケメンすぎる人は浮気の心配が多そうで苦労するだろう。

優しくて誠実で、思いやりのある人。もちろん社会人で、きちんとした金銭感覚を持っている人がいい。

——ギャンブルもやらず煙草《たばこ》も吸わない人がいいな……。

ライナスはどうだろうか。ギャンブルはわからないが、彼が煙草を吸っている姿は見たことがない。

そこまで考えてはっとした。ライナスを自分の理想の男として当てはめて想像するのはおかしい。

そもそも恋愛感情など抱いていないはずなのだから。幸せにしたいなどと言われてもどう受け止めていいのかわからない。

そのとき、

「お茶をどうぞ」

店員に湯のみに入ったお茶を置かれ、ハッと我に返る。空いた皿も片付けられて、ライナスとの間に漂っていた気まずい空気は霧散《むさん》した。

「……頼んだお酒とお茶を飲み終わったら出ましょうか」

「……そうだね」

湯のみの縁に口を付ける。ほうじ茶だろうか、香ばしい匂いが沙羅の気持ちを落ち着かせた。

——とりあえず週末、ゆっくり考えよう。今後どう接したらいいいか、彼がどういうつもりなのか。今聞いても脳内の処理が追いつかないわ……。

彼が自分になにを望んでいるのかも不明だ。

フーフーと息を吹きかけて冷ましていると、ライナスは平然とお茶を飲んでいた。

会計時は沙羅が割り勘でという提案をしたが、今夜の名目は沙羅の歓迎ディナーだと言われてしまい渋々引き下がる。

二人は無言で店の外に出た。このまま一緒に歩いて駅まで行く間、どう間を持たせるべきか。

——き、気まずい……！

「あの、ごちそうさまでした。じゃあ、私は電車で帰りますね」

「ダメだよ。夜一人で帰らせることはできないって前に言ったはずだよね。もう車の迎えを頼んだから送っていこう」

「え、迎え？」

　タクシーではないのだろうか。

「ああ、着いたようだ。こっち」

　ライナスにグイッと肩を抱かれる。

　こんな風に密着されたのは初めてで、沙羅の心臓がどくりと跳ねた。

　──ち、近いっ！

　彼がいつもつけている香水の匂いがする。爽やかなようでいて男性的な魅力をそそるスパイシーな香り。コートに染み付いているのだろうか、いやらしさを感じない大人の男の香りだ。

　沙羅の家族や身近な男性は皆、香水をつけていない。男性でいい香りが漂ってくるというのは妙にドキドキする。

　ライナスに肩を抱かれたまますぐ近くの黒いセダンに案内された。やはりタクシーではない。よく見れば外国製の高級車だった。

「え、これですか？」

「そう」

　運転手が車から降りて後部座席の扉を開けた。黒いスーツを着たガタイのいい男性だ。まるでＳＰのような風貌《ふうぼう》で彫りの深さも日本人離れしている。

ライナスは運転手に「ありがとう」と声をかけて、沙羅を座らせる。

「あの、私電車でも大丈夫……」

「沙羅、我がまま言わないで。そんなこと言うなら私の家に連れ込んでしまうよ。まだ君と離れがたいんだ」

隣に座り扉が閉まると、途端にライナスとの距離が近くなる。

嘘や冗談には聞こえない台詞だ。このまま彼の家に連れて行かれてしまう可能性は十分あるだろう。沙羅の返答次第ではきっと彼の思惑通りになってしまうに違いない。

ごくり、と小さく唾を飲み込み、隣で微笑む美しい人に観念して送られることにする。

「あの、じゃあお願いします。私のマンションの住所は……」

恵比寿から電車で数駅の距離だ。このまま電車で帰っても三十分以内に帰宅できるが、黙って住所を告げた。

運転手は車のナビに住所を入力し、頷いてから発車させる。

高級外車など今まで乗ったことがない。緊張するばかりで、ゆったり座ることもできない。

一体どうしたらいいのかわからず、沙羅は恐る恐る問いかける。

「ライは……私をどうしたいの？」

また幸せにしたいとでも言われるのだろうか。

ライナスは優しく沙羅を見つめ、甘い蜜のような声音でとろりと囁《ささや》きかけてきた。

「沙羅の幸せが結婚なら、私が君を世界一幸せな花嫁にしてあげたい」

ライナスが沙羅の頬にかかる髪の毛をそっと耳にかける。彼はそのまま沙羅の頬に手を添えた。

「……け、結婚？」

「そう、結婚。君は、結婚したい？」

沙羅の人生初のプロポーズは、高級外車で自宅まで護送される間でのことだった。

第三章

週末の二日間、沙羅は知恵熱が出た。

どうも脳がキャパオーバーになったらしい。

数年ぶりに寝込む羽目になったが、ベッドで大人しくしている間も脳内ではライナスのプロポーズの言葉がエンドレスリピートしていた。

「結婚……結婚……!?」

夢の中にまでライナスが出てきて、沙羅はがばりと起き上がった。

頭はまだふわふわしているが、問題なく起き上がれそうだ。

枕元に置いていたミネラルウォーターのペットボトルを手にし、喉を潤わせる。

何度考えても、ライナスの言動は意味がわからない。交際ゼロ日でプロポーズだなんて一体なにを考えているのだ。

お互いに恋愛感情などないと思っていたが、違ったのだろうか。ライナスの方は沙羅にそのような感情を抱いていたとすると、一体いつから？　なにがきっかけなのだろう。

沙羅を見つめてくる眼差しには、恋情や愛情が含まれていたのだろうか。言われてみればそうかもしれない……と思うが、その感情を向けられる理由がない。自分が採用されたのは純粋な実力ではなかったのだろうか。

考えれば考えるほど答えが見つからない。

ようやく平熱まで下がったのは日曜日の夕方だった。

家事もできず、散らかった部屋を見てげんなりする。

「ああ……片付けないと……」

汗で汚れたパジャマを洗濯機に入れ、ソファの上に放ったままの洋服もすべて同じく洗濯機に投入する。そのままシャワーを浴びている間、問題がなにひとつ片付いていないことに溜息が漏れた。

「どうしよう……本当、どうしよう……。寝ていたら週末が過ぎてしまった」

明日はもう月曜日だ。ライナスと顔を合わせるのが気まずすぎる。

――そもそも、私の幸せって一体なんなの？

ありがたいことに衣食住は問題なく、経済的にも苦労はしていない。過度な贅沢《ぜいたく》はできないが、たまに外食もできるし貯金も少しずつできるようになっていた。

今の生活になんの不満もないのに、一体どうやって幸せを探したらいいのだろう。

「私の幸せって一体なに？」

恋人は欲しい。できたらいいなとはずっと思っている。ただ、恋活をするほどのエネルギーはなかなか湧いてこないのが現状だ。

せいぜい友人に、いい人がいたら紹介してほしいと言うくらいで、気軽に異性と出会えるアプリの登録までには至っていない。

そもそも恋人が欲しい＝結婚なのだろうか。恋人は欲しくても、結婚は想像できない。

数年後、愛する旦那様のために手料理を作っている自分……も想像できない。できればおいしい手料理を振る舞われていたいと思ってしまった時点で、奥様業は難しそうだ。

「ううーん……、やっぱり私の幸せは結婚とは思えないかも……。それを言ったら、プロポーズもなかったことになるの？　そもそも、私を幸せにしたいってどういうことよ？」

幸せとは誰かから与えてもらうものなのだろうか。

なんだか胸のあたりがモヤッとする。

「いや、違うと思う。私の幸せがなにかはわからないけど、それは誰かから与えてもらうものではないと思う」

君を幸せにしたいとプロポーズをされるのも嬉しいだろうが、二人で幸せを見つけていこうと言われた方がもっと嬉しく思えそうだ。

そう結論づけると、なにやら心が軽くなった。

恋人は欲しい。いつかは結婚したいと思うかもしれない。けれどそれは全部自分自身で見つけるもので、流されて結婚などあり得ないのだ。

ライナスになにか言われても、きちんと自分の気持ちを伝えよう。彼の返答によっては相手を振ることになるが、彼の気の迷いもあるかもしれない。

「よし、言いたいことをスマホに書いておこう。簡潔にまとめて明日出勤中に脳内シミュレーションしておけば大丈夫」

シャワーから出て手早く夕飯を食べ終わると、ようやくいつもの自分が戻ってくる。

そして二十三時には就寝した。

月曜日。沙羅はライナスのスケジュールを見てほっとした。週明けの彼は一日外出予定だったのだ。自分でスケジュール調整をしていたのにすっかり忘れていたらしい。

緊張感が一気に緩み、安堵の息が漏れた。

とはいえ、沙羅の仕事がなくなったわけではない。

沙羅のデスク前に、同じ社長室付の松田《まつだ》が現れた。彼はライナスが赴任直後に社長のアシスタント業務にも携わるようになったが、元々は別の仕事をしている。今は徐々に自分がライナス関係の仕事を引き継ぐことができるようになった。

「夏月さん、来月本社から数名ビジターが来られることになったから、会食の手配をお願いできますか。こちらが日程と、それぞれの食の好みの一覧です。あと会議室も押さえておく必要があるので、ビルの管理部に連絡して特別室の予約をお願いします」

「はい、それって特別な会議室なんですか？」

「大きな会議はうちの会議室だと手狭なので、別フロアにある大会議室を予約してます。それは他社のテナントも使用可能なので、ビル会社の担当者に予約可能かの確認と、あと発注書であるPO発行が必要になります。会議室の使用金額に変更はないはずですが、必ず見積書をPDFでもらってください。PO発行は先日お教えしたシステムを使用し、社長の承認が必要になりますがすぐに下りるでしょう。あの方は対応が早いので」

松田の依頼を聞きながらメモを取る。今まで使用したことがないシステムを使うのも最初は戸惑ったが、しっかりした会社だなと改めて感じた。

「承知しました。特別会議室の予約と見積書の依頼、PO発行と、会食の手配ですね。食の好みリストがこちら……」

リストにざっと目を通す。ヨーロッパ本社からの出張者は五名だが、それぞれ食の好みがバラバラだ。

「甲殻アレルギーと乳製品アレルギー持ちが一名ずつ、ベジタリアンが一名、グルテンフリーしか食べられない人が一名、あと肉しか食べない人が一名」

「肉しか食べない……食べられない、ではなく？」

「食べないんでしょうね……。さすがに出された野菜は食べるとは思いますけど、子供じゃないんだし」

松田の顔色が若干疲れて見えた。沙羅が担当する前は彼の仕事だったのだろう。

「……ビーガンの人はいなそうですし、まだ選択肢はありますかね……。ただベジタリアンの方にも好まれるとなると、豆腐しか思い浮かばないですが」

和食の精進料理が好まれそうだが、肉好きの人には困るだろう。寿司も難しい。

「一応参考に、前回彼らが来日されたときに使用したお店のリストをメールで送っておきますね」

「ありがとうございます、助かります」

松田がデスクに戻り、沙羅も新たに入った仕事に取り掛かる。幸い特別会議室は空いており、すぐに見積書も送られてきた。金額に変更もなさそうだ。

手早くPOの発行手続きを終わらせる。システムで自動的にライナスへ承認申請が飛ぶので、のんびり待てば大丈夫そうだ。

――あ、松田さんからのメール。

メールには、以前使用したレストランのリストが添付されている。同じメンバーが来日したのは、三年前らしい。食事に対する彼らの評価もコメントされていた。

――同じ店だと東京なのに店がないのかって思われそう？　ううーん、VIPとなると相応のレストランになるだろうし、個室か半個室が望ましいかな。

会食は二晩。それと特別会議室の会議は昼食を兼ねているので、お弁当の手配も必要になる。お弁当なら、近くのホテルのケータリングでクロワッサンサンドイッチなどを提供していたはずだ。グルテンフリーの特別メニューが対応可能か、あとで連絡してみればいい。

一晩目の会食は鉄板焼きを選んだ。オフィスからそう離れていないホテルにある鉄板焼きグリルの店は、前回の店と被っていない。店のウェブサイトを確認すると、ベジタリアンメニューも扱っている。先ほど沙羅が考えていた豆腐ステーキが食せるようだ。

——ヘルシーでおいしそうだし、ダイエットにもよさそう。私も食べてみたいな。

シャトーブリアンのステーキが人気らしいが、シーフードメニューもある。甲殻類アレルギーの人は食べられないが、十分楽しめるメニューだろう。

店に電話をし、最終予約確定日を訊く。人数や日程が変更になる可能性もあるためだ。

二晩目の候補店を探しているうちに、あっという間に終業時間が近づいてきた。

——グルテンフリーの天ぷら粉を使っているお店はないかを調べていたら、もうこんな時間！　トイレに行っておこう。

外国人に好まれる天ぷらを候補とするのはどうだろうと考えていたのだ。

しかしベジタリアンの人は楽しめるだろうが、グルテンフリーの人には難しいかもしれない。

メイクポーチを持って席を立つ。

自分が食べるならシソとナスの天ぷらが好きだな、などとニコニコしながら扉を開くと、通路を歩いてくるライナスに遭遇した。

「……っ！」

——え、今日はオフィスに来ない予定じゃ!?

驚いたのは一瞬で、すぐに表情を取り繕《つくろ》い、「お疲れ様です、社長」と挨拶《あいさつ》した。

「なにかいいことがあったのかな？」

「え？」

「可愛い顔で笑っていたから」

「……っ、いえ、特には……」

他社の社員が聞いたら口説いているのかと誤解されそうだが、この会社ではライナスの言動は彼のキャラクター性によるものだと思われるだろう。

通路の端に立つ沙羅の前までライナスが近づいてきた。心なしか、いつもよりも視線が甘く感じる。社内で見せる顔というよりは、プライベートの顔だろうか。

「終業時間後、社長室に来てくれる？　話したいことがあるんだ」

静まっていた緊張感が急に蘇《よみがえ》ってくる。

当然拒否することもできず、沙羅は「承知しました」と頷いた。

「では、のちほど伺います。失礼します」

スッと彼のもとから立ち去り、いつも使用するトイレを通り過ぎて、少し遠くのトイレに向かった。個室に入り、詰めていた息を吐き出す。

――心臓に悪い……！　話って、この間のことだよね？　私もはっきり自分の意思を伝えなきゃ……って、しまった。スマホはデスクの上に置いてきたままだ。

スマホのメモ帳に自分の考えを箇条書きしていたのだが、今は手元にない。デスクに戻ってから読み返すことにしよう。

　彼のペースに呑まれないようにしなくては。どうもあの目に見つめられると、まあいっか、と流されそうになってしまう。

　気持ちを強く、と唱えながら皮脂で崩れた化粧を直し、色が落ちたルージュを塗った。

　デスクに戻ると終業時間を過ぎていた。タイムカードを切ってから、ライナスのもとへ向かう。社長室の扉をノックし、彼の応答後、扉を開いた。

「お疲れ様です、社長」

「お疲れ様。でももう就業時間は過ぎてるから、社長呼びはやめてほしいな」

　口調は柔らかいが、押しが強い。ここで押し問答をするべきではないと判断し、沙羅は素直に頷いた。

「それで、私に話とはなんでしょうか」

　デスクの前に立ったまま尋ねると、ライナスは沙羅をソファに座るよう促した。

「私だけ座ったままというのは居心地悪いから」

　そう言われてしまうと拒否できない。本当はできるだけ早く用件を終わらせてこの場から逃げたかったのだが、少し時間がかかるかもしれない。

　向かい合わせに座り、ライナスの言葉を待つ。膝の上に置いた手がじんわりと汗ばんできた。

　沙羅の顔をじっくり眺め、ようやくライナスが口を開く。

「そろそろ私と二人きりのときは、敬語をやめようか」

「え？」

「これではいつまで経っても、フレンドリーになれないだろう？　上司と部下というのが付きまとうし。私はもっと沙羅の本音が聞きたい」

そう言われても、ここは職場だ。いくら就業時間が過ぎているとはいえ、このお願いには頷きがたい。

「さすがにオフィスでそれはちょっと……無理です」

「ではオフィスの外なら了承してもらえる？」

相手は手ごわい。

社長に対して敬語で話さない、というのはすぐに慣れるものではないが、きっとライナスは自分の要求を引き下げないだろう。

「……わかりました。オフィスの外と、社員がいないところであればいいですよ」

「よかった。君との壁が気になっていたんだ」

ライナスが嬉しそうに笑う。その笑顔を直視しがたくて、つい視線を彷徨《さまよ》わせそうになった。

「……今のがライの話したかったことですか？」

「そうだね、他にも今夜の予定を訊きたいところだけど、やめておくよ。毎日デートに誘っていたら、沙羅が逃げそうだから」

――うう、当たってる……。

「それに上司と部下の関係って、思ったより難しい距離感だ。あ、でも私の誘いを断ったからといって、君の仕事にはなんにも影響はないから、そこは信じてほしい」

「そうですか……ありがとうございます」

お礼を言うべきなのかわからないが。

それにしても観察眼というのだろうか。彼は人の心の機微に敏い。逃げそうだからと言いながらすでに追い詰められている気持ちになった。

「私より、君の方が言いたいことがあるんじゃないかな。なんでもいいよ。私のプロポーズへの返事でも。もちろん、いい返事しか聞きたくないけど」

なんでもいいと言いながら、ちゃっかり自分の要望を足してくる。

こういう逞《たくま》しさを自分も見習いたいと思いながら、沙羅は先ほど読み返していたスマホのメモを思い出した。

「……この週末ずっと考えていました。私は、自分の幸せがなにかはまだわかりませんが、それが誰かから与えられるものではないことはわかります。自分の幸せは自分で見つけます。あなたからのお心遣いは嬉しいですが、これからはお気になさらないでください。結婚の話も謹んでお断りさせていただきます」

――よし、言えた！

自分の考えをはっきり伝えられて、ほっと息を吐く。

ライナスは変わらない笑みを見せているが、なにやら思案しているようでもあった。

気まずい時間は数秒ほどで、ライナスがおもむろに口を開く。

「そう。それなら、君が考える幸せをプレゼンしてもらおうか。たとえばＰＰＴにまとめて、そうだね……明後日の始業前、八時半からどう？」

「……は？　え、プレゼン？」

明後日の水曜日は、ライナスに朝一の会議など入っておらず、比較的ゆったりした日の予定だ。その日の朝にＰＰＴでまとめた自分の幸せの定義をプレゼンテーションするなど……想像もしていなかった。

「私が納得できたら君の幸せを尊重しよう。でも結婚については保留にさせてもらう」

「え、ちょっと？」

「頑張って私を納得させてみなさい」

実にいい笑顔を向けられて、沙羅の口元が引きつった。手のひらの上で転がされているとしか思えない。

――え、私自分の意見を言ったのに、結局相手に流されそうになってる!?

冷静に考えれば、何故彼を納得させる必要があるのだろう。付き合ってもいない、ただの上司だ。一応、職を紹介してもらった義理はあるが、プライベートの関係でここまで踏み込まれるのはいかがなものか。

――でも、こんな大企業の社長を前にプレゼンができる機会なんて、滅多にないかもしれない……。

この経験は仕事の役に立つのではないか。もしくは、仕事の一環として捉えたら、きちんとしたプレゼンテーションができるかもしれない。沙羅は、自分の思考があさっての方向に向かっているのにも気づかず受け入れた。

「わかりました。明後日の八時半までにご用意いたします」

「楽しみにしているよ」

これ以上なにかに巻き込まれないために、沙羅は一礼して社長室を去り、荷物を持って退社した。沙羅には考える時間が必要だとでも思ったのか、ライナスは引き留めなかった。

まだ十八時を少し過ぎた時間。たまには早く帰るのもいいが、少し気分転換がしたい。

「デパ地下でお惣菜でも買おうかな……でも最近外食が多いかも……」

ここしばらく体重計に乗っていない。太った感じはしないが、きちんと自炊をした方がいいだろう。最近、ライナスの隣に立つことが増えて、前よりもっと自分の体形を気にするようになっていた。

お惣菜を買って楽をしたい気持ちを抑え、沙羅はそのままスーパーへ買い出しに行った。ざく切りの野菜とソーセージ、味付けにコンソメを入れたポトフを作った。料理は苦手だが、ポトフやスープはよく作る。でも誰かと暮らすようになったら、もっと食事に気を遣わないといけないかもしれない。

ポトフはしっかり煮込まれたじゃがいもと玉ねぎが甘くておいしい。ボリュームがあるので、これだけでお腹いっぱいになりそうだ。

「たくさん作ったから二日分くらいあるかな。ポトフにビールが合うかわからないけど」

プルタブを開けて缶ビールに口を付ける。そういえばじゃがいもとソーセージはドイツ料理の定番だった。ビールが合わないはずがない。

テレビのバラエティ番組を見ながら食事を進め、すべて食べ終えてからスマホを取り出す。ライナスへのプレゼン資料を作るため、まずは幸せの定義について検索し始めた。

「幸せとは、心が満ちている状態、持続的にいい状態のこと……なるほど、旅行に行くとかおいしいものを食べるのは一時的で、持続させないと幸せには繋がらないのかな」

となると、今の生活から不満を失くすことが幸せになる方法だろうか。

不満やストレスの原因になりそうなものはないかと、自分の部屋を見回した。

「……全部捨てたい」

断捨離《だんしゃり》がしたい。すっきりした部屋に住みたい。定期的に掃除しているので汚くはないのだが、全体的に物が多い。

「いつの間にこんなに溜まったんだろう……収納棚増やせばいいのかな」

書類や郵便物も増えていて整理ができていない。マンションの契約書などはなくさないようにファイリングしているが、半年前に組み立てたS字型の棚にはまだ乱雑に入れただけの紙類が多い。

――棚を組み立てたときを思い出しちゃった……今度は組み立てサービスがあるところ

で買おう。

二人一組で組み立てが必要ならきちんとサイトに記載しておいてほしい。大変な思いをして組み立てている間も、誰かに手伝ってもらえたら……と思ったものだ。だが自室に人を招くのも抵抗があるので、やはり自分一人でやるしかない。そういうときは少し複雑な気持ちになる。

「使ってないデスクと椅子、足に合わないパンプス、もう趣味じゃない服と、そろそろ捨てた方がいい下着類を全部捨てるか……」

仕事が忙しくて家事が疎かになりがちだ。ゴミはきちんと捨てているし汚部屋《おべや》ではないが、散らかっている感が否めない。出しっぱなしのファッション誌を入れる雑誌ラックもない。物を仕舞う家具が不足しているのだ。

家事代行サービスを利用して、できれば家政婦さんに来てもらいたいが、自分でできるところはどうにかしなければ。

「……居心地のいい部屋に住むことも幸福度と関係がありそうね」

――でもいまいちよくわからない、みんなどうやって幸せを感じてるんだろう？

そっと嘆息し、沙羅はまずラグの上に置きっぱなしの雑誌を拾い上げた。

水曜日の朝、八時半。沙羅はいつもより早く出社し、社長室に来ていた。

「おはようございます、社長」

「おはよう。昨日はよく眠れた？」

「まあまあですね」

「そう、私の夢には君が出てきたよ。可愛くなにかをお願いしている顔だったけど、一体なにをお願いしていたのかな」

「……私にはわかりかねますね」

ライナスの戯《たわむ》れに塩対応で返し、沙羅は自分のノートパソコンを起動させる。彼の時間は貴重なのだ、さっさと本題に入ってしまおう。

「早速ですが、始めてよろしいですか？」

「もちろんだよ。プロジェクターに繋ごうか。私は沙羅と同じモニターで確認するのでもいいけれど」

隣同士に座って仲良く見るというのは避けたい。

「……会議のインビテーションをお送りしているので、それで私の画面を共有させます。少々お待ちください」

社内会議用のアプリを起動させ、ライナスに沙羅の画面を共有させる。彼のパソコンのスクリーンにも、沙羅と同じ画面が見えているはずだ。

「見えましたか？」

「ああ、大丈夫だよ」

プレゼンテーションを開始する。沙羅が集めた資料は、幸せの基準に関してだ。

結局沙羅は自分の幸せについて明確なことがわからず、一般的な幸せをもとに説明をすることにしたのだ。幸せホルモンのセロトニンを増やす生活習慣の心がけや、世界幸福度ランキング上位の国民を参考にまとめたもの。最後に自分も幸せを持続させるためにどんな生活習慣に気を付けたいか。

「……ストレスを発散させるための適度な運動のためにフィットネスバイクを購入予定です。最近では軽量で、折りたためるバイクが売られているので一人暮らしの部屋でも場所を取らなくていいですね。あとは睡眠を八時間以上、充実したお風呂タイムの実現、家の時間を心地よく過ごせるように環境を整えて、週に一回は食べ放題の日を設けようと思います」

以上です、と締めくくり、五分ほどのプレゼンテーションが終了した。

沙羅としては、噛まずによどみなく話せてうまくできたと思っていたのだが、ライナスの表情は渋い。なにかを考えているようで、緊張感が漂う。

——仕事の顔だわ……私にはいつも微笑んでいるけど、仕事中はピリッとした空気感だったの忘れてた。

仕事をしているライナスの表情に甘さはない。自分には向けられない厳しい表情を浮かべていることもある。そういう顔で見つめられたら、自然と背筋が伸びそうだと思ったのを思い出した。

「……うん、よくまとめられていると思うよ。君が言いたいことはわかった」

「ありがとうございます」

　これは褒められていないなとわかる。彼が望むものではなかったのだろう。

　パソコンを閉じて、ライナスが沙羅を見つめる。ソファに座ったまま、沙羅は彼を見つめ返した。

「君がこれから生活習慣を変えたいというのは十分伝わってきた。でも、私は一般的な幸せの定義について調べてくるように言ったのではなく、君の幸せを私にプレゼンするようにと言ったはずだ。沙羅がどんなときに幸せを感じるのか。結婚が君の幸せではないのなら、他になにが君を幸せにするのかをもう一度考えて、明日の夜私にプレゼンするように」

「ええ……つまりそれって、やり直し……？」

「そう、やり直しだ」

　にっこり笑った顔はまったく甘くなかった。


　沙羅はその日一日仕事をしつつ、自分が「今幸せかも！」と思う瞬間を積極的にメモするようにした。

　もう一度自分自身を見つめ直さなくてはいけない。ライナスは沙羅にもっと単純なことを求めていたのだろう。

　――私が幸せに感じる瞬間……。はあ、これってもしかしてなにかのセラピーかな？

精神科医のようなことは言われてはいないが、白衣が似合いそうだと思う。

定時ぴったりで上がり、早めに帰宅した後も一体なにが好きなのかを考え続ける。いつもは手早く夕飯を済ませるが、時間をかけて自分が食べたいものを作って味わった。よく考えると、最近の食事は栄養素が偏らないように摂取することしか考えていなかった気がする。自分が本当に食べたいと思って料理をするのはいつ以来だろうか。

「忙しさを言い訳にして適当だったかも。もう少し丁寧な食生活に気を付けないと……」

炊飯器を使ったのも久々だった。ちょうど新米の季節なのに、お米を買うことも久しくしていない。次の休みにはスーパーで新米を購入しよう。

お風呂時間も、買っただけで実際には使えていなかったバスソルトを思い出し、いつもよりゆっくりお湯に浸かる。好きな香りのボディーシャワーを使用しただけでわくわくした。

「そうだ、日常のこういうことも幸せに繋がるよね」

普段より少し特別な気分にさせてくれるグッズを使う。気合を入れたい日の前夜にだけ使うフェイスパックや、好きな香りがするボディーローションをたっぷり使用するなど。いつもより時間をかけて丁寧にお風呂時間を楽しむと、心が満ちているように感じた。

水分補給後、冷凍庫からヴァニラアイスを取り出す。

お風呂上りに食べるヴァニラアイスは格別においしく感じる。実家のこたつに入りながら食べるアイスもおいしかったのを思い出した。

「あったかい部屋で冷たいものを食べるのって幸せだな。あったかくてぬくぬくしたものに包まれるのも癒されるし、もこもこした手触りのいいパジャマを着て自宅で映画鑑賞するのも好き」

でもお布団の中が一番安らげるかもしれない。朝起きて布団から出るとき、きっと誰しもストレスを感じているだろう。

――ライが知りたいのってこういうことなんだよね？　私がなにが好きで、どんなときに幸せを感じるか。なにが自分を幸せにするのか。

アイスクリームを食べ終えて、キッチンに向かう。食べ終わった容器を捨て、今度はお湯を沸かし温かいルイボスティーを淹れた。

テレビの音量を小さくして、パソコンをオンにする。箇条書きでもいいからわかりやすく自分の考えを書き出すことにした。

「宿題の期限は明日の夜までとなると、今夜まとめるしかないのか……」

友人とのカフェ時間や、実家のごはんを食べているとき、肌ざわりのいいパジャマを着て眠るときなど、思いつくままに書き出してみると、二十近くにもなった。

しかし改めて読み返すと少々気恥ずかしい。なんだかプライベートを曝《さら》けだしているようだ。

「……これ、私のことを知ってくださいとアピールしているみたいに感じてくるんだけど……。いや、実際そういうことだよね？」

じわじわと恥ずかしさがこみ上げてきた。正直提出しにくいが、それをしないとライナスは沙羅が幸せなのだと信じないだろう。

——未だに意味がわからないけど。どうして私を幸せにしたいなんて言ってるんだろう？　つい最近出会ったばかりなのに。

外国人の友人に心当たりはない。海外留学をしていた友人はいるが、沙羅自身は海外に縁がなかった。

もしどこかで会っていたとしても、ライナスほどの美形ならそう簡単に忘れることはないはずだ。だが、どんなに記憶を掘り起こしても、ライナスに似た人物は見つからなかった。

——やっぱり知り合いじゃないはず。となると、本当になんでだろう。一体なんのメリットが？

たどり着いた結論は、ライナスは変人なのだろう、ということだ。

「ううむ、変人なら仕方ない……。一般人とは違う次元に住んでいるのだし、考えたってわからないはずだわ」

これ以上一人で考えていてもろくな答えは出てこない。

沙羅はライナスについて考えるのをやめて、箇条書きで書き終えたものを自身のクラウドに保存した。念のため会社のメールアドレスにも送信しておく。

「一晩経って変更したくなったら明日直そう」

今度こそやり直しを命じられないように、と思いながらその日は夢も視ずにぐっすり眠った。

◆　◆　◆

翌日の十八時過ぎ。沙羅はふたたび社長室にいた。

ライナスと向き合ってソファに座っている。彼の視線に耐えながら、プリントした箇条書きのA４用紙を見せていた。

「……一晩じっくり自分自身と見つめ合って考えてきました。私がいつどんなときに幸せを感じるか、です」

「ありがとう。たくさんあるね」

声に出して読み上げてほしいとまでは要求されず、ほっとした。じっと見つめられたまま自分についてプレゼンするのは、どう考えても気恥ずかしい。

――どうだろう、合格かな……？　昨日よりは機嫌がよさそうだけど。

心なしか嬉しそうに見える。

彼の視線が用紙の上から下へ向かうのをじっと見つめながら、いつになく緊張した心地になっていた。

言われた通りにした。だがその後の展開が想像できない。

——それで、合格の場合は一体なにを言いだすんだろう。お風呂上りのアイスクリームはおいしいよね。私も好きだ」

「沙羅がどんなときに幸せを感じるのかよくわかった。お風呂上りのアイスクリームはおいしいよね。私も好きだ」

「……ええ、とても」

食いしん坊だと思われていないだろうか。別にそう認識されてもいいのだが、何故だか無性に居心地が悪い。言葉にして確認されると、あまり自分のことを話し慣れていないため視線を彷徨わせたくなった。

ライナスはそんな沙羅の心情には気づいていないようだ。なにが面白いのかわからないが、彼は満足そうにリストを眺めている。まるですべてを暗記しようとでもするかのように、じっくりと。

「ふわふわした肌ざわりのいいものが好きなら、君の部屋にはぬいぐるみもたくさんあるのかな?」

「いえ、特に置いてないです。実家には子供の頃集めていたぬいぐるみがありますけど、今はまったく」

「……そう。どんなものを集めていたの?」

「普通のですよ、テディベアとか、そのとき好きだったキャラクターのものとか」

そういえば子供の頃は、いつか等身大のぬいぐるみに抱き着いて眠りたいという夢があったのを思い出した。今はそんな大きなものでも買える経済力はあるが、一人暮らしの狭い部屋では置き場所がない。手入れを考えると買えないなと思ってしまう。

――大人になるって、現実的になるってことなのかも……ちょっと悲しい。

もし理想的なぬいぐるみと出会えて、物理的に置けるスペースがあれば購入を検討するかもしれない。そんなことを思っていると、ライナスがふたたび問いかけてくる。

「このリスト、恋人との触れ合いについてはまったく書かれていないけど、ハグやキスは君を幸せにしないの？」

「え……と、そういうのとは縁がないと言いますか、恋人との幸せな触れ合いなどしたことがないので……」

――なんでこんな悲しい告白をしているのだろう。

仮にもプロポーズをしてきた相手に、自分は恋愛音痴《おんち》ですと言うのもどうなのだろうか。自分は男性にモテませんと告白しているようなものでもある。

恋人がいたこともあったが、深い触れ合いはできていないまま社会人になり、仕事に没頭してきた。学生時代にファーストキスはしているけれど、それ以上は未知のもの。自分の枯れ具合を思い出して心にダメージを受ける。

――うう、もう帰りたい……。

俯いていると、いつの間にか目の前に座っていたライナスが沙羅の隣に立っていた。手を差し出され、疑問を感じながらもその手に右手を重ねる。

彼に軽く手を引かれ、沙羅はそのままソファから立ち上がった。一体彼がなにをするつもりなのかわからないが、至近距離のまま彼を見上げる。

ライナスは背が高い。ヒールを履いた沙羅よりも頭ひとつ分ほど。

エメラルドグリーンの目は慈愛に満ちていた。何故そんな目で見つめられるのかがわからない。欲望などは感じない、純粋な愛を宿した色。

――この人は、なにが目的なんだろう？

ライナスが沙羅の頬にそっと触れる。

頬にかかった髪を耳にかけられて、その仕草に沙羅の心臓が跳ねた。

「私は君に、愛情で満たされる喜びも感じてほしい」

「え……？」

「私に触れられて気持ち悪いか試してみないか」

「ええ？」

ライナスが両腕を広げてきた。これはつまり、抱き着いてこいという意味だろうか。

――突飛すぎる……！

社長室で自分から彼に抱き着きにいくというのは、どういう状況なのだ。けれど、ライナスに触れられて嫌悪感が生まれるかどうかというのは、これからの重要なファクターでもありそうだ。なにせ生理的な気持ち悪さを感じる人に恋愛感情は生まれないのだから。

「……ハグってことですか」

「そう、ハグ。欧米では一般的な親愛のかわし方だ。友人同士でもやっている」

嫌なら嫌だと突っぱねればいい。けれど、沙羅の中にも好奇心が湧いてきた。

――気持ち悪いと思うか大丈夫か、試すだけなら……。

きっと今の自分の顔は赤いだろう。恥ずかしさを堪えながら、ライナスの背中にそっと腕を回す。

沙羅の遠慮がちなハグではわからないとでも言いたげに、ライナスがギュッと沙羅を抱きしめてきた。思わず身体が硬直する。

「っ！　ライ……」

「どう？　私にハグをされるのはイヤ？」

嫌かどうかなどわからないが、心臓がものすごくドキドキしている。顔に熱が集まり、全身が硬直していた。

緊張しているが、ライナスの香りは嫌いではない。

「……わ、わからないです。心臓がうるさくて」

嫌悪感というのは一瞬で湧き上がるものなのだろうか。触れられた瞬間に、ぞわっとした悪寒がするのであれば、今の自分には当てはまらない。

きっとライナスのことは嫌いではないが、恋愛感情を抱いているのかはまだわかっていなかった。

「それは緊張からか、照れているのか。どっちだろうね」

そう言いつつも、ライナスの腕は沙羅を抱きしめたままだ。

「まだ嫌悪感は出てこないかな」

「……出てこないみたいだから困ります」

沙羅がそう告げると、ライナスがクスクス笑った。沙羅を抱きしめる腕に力が籠る。彼の手が、髪の上から背中を撫《な》でた。

「知ってる？　人はハグやキスをすると寿命が延びるんだって。それはきっと愛情をもらうことで、ストレスが消えて安らぎが得られるからなんだろう」

「安らぎ……」

ドキドキとうるさかった心臓は、落ち着きを取り戻している。強張《こわば》った身体からも余計な力が抜けていた。

気づけば沙羅はライナスに身体をゆだねている。温もりが心地いいと感じ始めていた。

――確かに、温かさが気持ちいい……誰にでもされたいとは思わないけど、なんで私は彼を受け入れているんだろう。優しさを知っているから？

彼と過ごすうちに、誠実な人間だとわかっているからか。

ライナスは決して沙羅が嫌がることを無理強いする人ではない。多少強引なところはあるが、沙羅の顔色を常に窺っている。きっとどこまで許されるのか試しているのだろう。

社会人になって、一人で頑張らなくてはいけない、頼れる人もいないと思っていたが、ライナスならいつでも自分を頼ってほしいと言いそうだ。頼られることが嬉しいとも。

だがそう考えたところで、ふたたび疑問が湧き上がる。

どうして彼はそこまで自分によくしてくれるのだろう？

「ハグだけで物足りなくなったらもっとあげよう。君が満足するまで」

耳元で囁かれ、ハッとする。

ぼんやりしていた頭が覚醒《かくせい》し、慌ててライナスの腕から逃げようとした。

「あの、えっと……」

ライナスがくすくすと笑いだす。沙羅の抵抗など難なく押さえて、彼女を閉じ込める腕に力を込めた。

「私が君を口説く男だというのを忘れないように」

甘さを孕《はら》んだ声音が沙羅の鼓膜に届いた直後。顎《あご》の下に指を添えられる。

「もっと触れてもいい？」

「え……っ」

「沙羅とキスがしたい。ダメ？」

さすがにそれは同意できない。ここは会社で社長室で、まだオフィスに人は残っている。ダメに決まっていると言おうとして、ライナスを見上げた。彼の蕩けるような甘い眼差しを直視して、沙羅の心臓が大きく高鳴った。

「だ、ダメ……だけど」

「けど？」

頭では抵抗するべきだと思っているのに、少しだけならいいのではないかという気持ちが湧き上がってきた。ハグだけではわからなかった嫌悪感が、キスをしたらわかるかもしれない、と。この勢いに任せて、すべて検証してもいいのではないか。

「少しだけ、なら……」

「ありがとう」

ライナスの甘い囁きを聞いた直後、唇に柔らかななにかが押し当てられた。

片腕が腰に回り、反対の手で顎を固定されたまま唇が合わさっている。目を閉じることも忘れて、沙羅はその柔らかな感触を味わいながら、一向に嫌悪感がやってこないことに気づいていた。

——どうしよう、嫌悪感がこないんですけど……！

リップ音が奏でられて、名残惜し気に唇が離れていく。

そんな音、映画の中の効果音だけかと思っていた……と現実逃避のように頭の片隅で考えていた。

「今度は目を閉じられるように頑張ろうか」

なにやら勝手に納得し、ライナスの顔がふたたび近づいてくる。

さすがに沙羅ももう流されまいと、両腕で力いっぱいライナスの胸を押して身体を離した。

「いやいやいや、二度はないから！　もう検証は済んだので」

顔の熱が引かない。このまま社長室を出れば、すれ違った同僚になにがあったのかと思われそうだ。

沙羅は一歩二歩とライナスから離れて彼を睨みつけるが、赤い顔と潤んだ瞳では効果がないことに気づいていない。

なにかライナスから変な物質が出ていたのだろうか。嗅《か》いでいるだけで思考がふわふわするようなものが。強力なフェロモンかもしれない。

とりあえず、ライナスに触れられても生理的な嫌悪感がないことはわかった。だが、それと彼のプロポーズを受け入れることは別問題だ。

「その様子だと、私に触れられても気持ち悪くないようで安心したよ」

「……っ！」

「私とハグやキスをしても、嫌悪感はなかっただろう？」

「な、なかったですけど……、だからと言って、日本では恋人以外の男女はハグしないものなんです！　もちろんキスも。ちょっと流されてしまいましたが、私とあなたは恋人ではないんだから、今の距離は不適切です」

「不適切か。ならば君の恋人になれば問題ないわけだ。どうしたら君の特別な人になれるのだろう？」

「ちょっ、なにを言って……」

「私は君が好きだよ」

「っ！」

「君が信じられないなら、何度でも言おう。私は沙羅が好きだ。君の特別な男になりたい」

開けていた距離がふたたび縮まる。

ライナスが沙羅の目の前に跪《ひざまず》き、彼女の手の甲にキスを落とした。まるでおとぎ話の騎士のような姿だ。

沙羅の視線がライナスに釘付けになる。驚きすぎて口が動かせない。

掠れた声でようやく出てきた呟きは、「どうして？」という疑問だった。

けれどライナスは沙羅の疑問に答えることなく、ただ甘く微笑み返しただけだった。

第四章

沙羅が鷹尾の会社を去ってから早二か月半が経過していた。

鷹尾は都内のタワーマンションの一室で、沙羅の好物だったチーズをつまみながらワインを呑んでいた。

「全然連絡来ないけど、あいつ元気でやってるのかな」

スマホを眺めるが一向に沙羅から連絡は来ない。

彼女が自分のもとを去ると聞いたとき、鷹尾は後悔した。少し気が緩み、彼女に甘えすぎてしまっていたことを反省したのだ。

沙羅なら怒りつつも自分を見捨てることはない。多少女遊びをしても、あわよくば彼女が嫉妬《しっと》してくれないかなどと考えていた。仕事が順調に進み、調子に乗っていたのだろう。言い寄ってくる女性も多く、クズの極みだと思われても反論できない。

だが、そんな彼に沙羅もいよいよ愛想を尽かした。辞めると聞いたときは肝が冷えたが、すでに新しい就職先が決まっているのなら無理に引き留めることも難しい。

落ち着いたら彼女から近況報告でも来るだろうと思っていたのだが、最近は鷹尾のもとに連絡が来ない。忙しいだけかもしれないが、何故か彼の心を燻《くすぶ》らせる。

「こっちから連絡するべきか……いや、そんなことをしたら鬱陶しいと思われるだけだ。ここは沙羅が自発的に連絡してくるまで待つべきだが……クソ、気になる」

スマホのチャットアプリを見つめること数十分。鷹尾はスマホの電源を落とした。

「やめた、馬鹿らしい。こんなの女々しすぎるだろ」

ソファにスマホを置き、代わりに定期購読している経済雑誌を手に取った。数日前に届いていたが、忙しくて読む暇がなかったのだ。

目次をざっと読み、ページをめくる。そのまま読み進めていると、ふと見覚えのある会社名に目が留まった。

「ここは……、沙羅が転職した製薬会社じゃねーか」

外資の大手製薬会社の社長室勤務になると聞いていた。そのときは、ベンチャー企業とは違うカルチャーに戸惑うこともあるだろうが、彼女ならすぐに順応するだろう程度に思っていたのだ。

だが、雑誌に掲載されている写真を見て心がざわめきだす。

日本支社の代表取締役社長に就任してまだ一年未満の男は、鷹尾と同年代の色男だった。

「まさか、こいつのもとで働いてるのか？」

何度プロフィールを見ても、代表取締役社長と書かれている。沙羅ははっきりと社長室付のアシスタントだと言った。つまり業務内容は社長秘書ということだろう。この男と日常的に接することになる。

恐ろしく顔が整っている美貌の男は、イケメンなどという軽い表現に収まらない。正統派美男子だ。

――あいつ、面食いではなかったはずだが、言い寄られでもしたらコロッと落ちちまうんじゃ……。

眉間に皺《しわ》を寄せて男の名前を見つめる。ライナス・V・キングフォードの名前に引っかかりを覚えた。

「……なんだっけ？　この名前……どこかで……」

キングフォードという名前はそんなに珍しかっただろうか。……いや、そこじゃない。昔両親から聞いた名前と似ているのだ。

子供の頃の記憶など思い違いの可能性が高い。だが、名前にキングがついていたというのは間違いないはずだ。王様のように金持ちなのだという記憶がはっきり残っている。

もしも雑誌に掲載されている男がキングフォードグループの者ならば……沙羅の上司は、鷹尾が思いつく最悪の男に該当する。彼女と二度と会わせるべきではない男だ。

雑誌の記事を隅々まで読み、ダイニングテーブルの上に置きっぱなしになっていたタブレットを手に取った。

「ライナス・ヴィンセント・キングフォード……キングフォードグループの会長子息、三十二歳、独身。結婚歴なし……」

現在は日本に住み、沙羅が勤める会社のトップを務めている。何故本社の会長子息が、わざわざ極東の支社に来たのだろう。出世のためなら本社でいくらでもいいポジションがあったはずだ。海外支社の社長など中間管理職みたいなものだ。経験を積みたかったのだろうか。

あまりにも出来過ぎている偶然だ。鷹尾の背筋にひやりとした汗が伝う。

先ほどソファに放ったスマホを取りに行き、急いで電源をオンにした。いつになく焦った表情を浮かべ、沙羅に電話をかける。

なかなか繋がらないコール音を聞きながら、鷹尾は今すぐ沙羅を自分の会社へ引き戻す方法を考えていた。彼女がやりたい仕事を与えるし、ポジションも用意する。自分と関わりたくないのならそれでも構わない。

だが、ライナスの傍にいることだけはダメだ。

「沙羅、戻ってこい。あの男はお前を不幸にする」

◆　◆　◆

触れるだけのキスをした翌日、沙羅はまともにライナスの顔を見ることができなくなった。

唇が合わさっただけのキスでなにを戸惑う？　と思う気持ちと、いやいや安売りなんてしてないのに、と思う気持ちがせめぎ合っていた。

――一般的に考えれば、あんな素敵な人とキスできるのなら、お金を払ってでもお願いしたいと思う女性も多いだろうな……。

たとえばハリウッドスターや好きな芸能人とキスができる権利があるとしたら、ファンの女性は涙ながらにお礼を言うだろう……と想像したが、ライナスはハリウッドスターでもなければ、自分は彼のファンでもなかった。

――二十八にもなってキスやハグで悩むなんて、もっと恋愛に向き合ってくればよかった！　そうしたら経験値があるから、こんなにうろたえることもなかったかもしれないのに！

友人に相談もしにくい。かといってネットの相談掲示板に書き込むのも嫌だ。ドラマの女優さんを見習えばいいのではないか。彼らは仕事として、役になりきってキスシーンだって演じているのだ。あの社長室での出来事も、もし監督が「カット！」と言ったらスッと気持ちが切り替えられたのではないか。監督いないけど。

――私も女優じゃないけど……。

ライナスとは今朝挨拶をしただけで、それっきり顔を合わせていない。彼も社長室を不在にし、会議室に籠っている。いろんな事業部との会議で一日埋まっているのだ。

──ある意味よかったのかも。顔を合わせなければ気まずくないし……。

だが、問題はキスだけではない。ライナスにはっきりと告白されたことが一番の悩みの種だ。

結局ライナスがどうして沙羅を好きなのかはわからないまま帰宅した。跪いて手の甲にキスをされるような告白を夢見たことはなかったが、誤魔化せないほど驚いたしときめいたのも事実。まさしく映画のワンシーンだったと、思い出すだけで顔に熱が集まりそうになった。

──って、いい加減思い出すのストップ！　ちゃんと集中しなきゃ。

パソコンのタイピングを続けながら頭が余計なことを考えそうになるが、気合で止める。今日は金曜日だ。一週間が早くて驚くが、なにかスイーツを買って帰ろう。コンビニのシュークリームが食べたい。プリンでもいい。

頼まれていた会食先のレストラン候補は無事に見つかり、あとは日時が確定すれば問題なさそうだった。宿泊先の手配は、彼らの秘書が担当してくれる。ただいろいろと質問が来るため、本社の役員秘書との連絡が増えた。

他にも役員異動のアナウンスの日本語訳や、グループの新しい取り組みの紹介など、ＰＤＦのレイアウトから本文までドラフトを作成する。これらはすべて社長であるライナスが社員に向けて配信するメールの内容だ。

それらをライナスへ確認依頼をし、定時を迎えた。

――よし、ぎりぎり残業せずに帰れそう。社長は戻ってきてないけど、仕方ない。

彼の戻りを待つことなく、終業時間を迎えたら帰っていいと言われている。気まずいときは余計なことを考えずに帰ってしまった方がいいので、帰り支度を進めた。

「お疲れ様です。お先に失礼します」

先輩社員に挨拶をし、エレベーターで一階まで下りた。

ビルのエントランスホールでは、同じく帰宅する人たちが出口へ向かっている。その波に乗りながら沙羅もビルを出て、駅の方向に向かおうとしたところで、聞き慣れた声に呼び止められた。

「沙羅」

「っ！」

声がした方を振り返る。

そこには黒のライダースジャケットとジーンズ姿の鷹尾が立っていた。

「え、先輩？　なんでここに」

「なんでって、俺の電話に出なかったから会いにきたんだよ」

そういえば昨日の夜、鷹尾から着信履歴があったのを思い出す。入浴中にかかってきたようだが、ライナスの件で頭がいっぱいだったため、あえてかけ直さなかったのだ。それに急ぎならチャットのメッセージが入るはずだが、それもなかった。

「あ～ごめん。昨日疲れて寝ちゃってかけ直せなかったの。わざわざ会いにくるほどなにか急用があったの?」

　二か月半ぶりに会った鷹尾は、相変わらずスタイルがよくて革のライダースジャケットも似合っている。ビジネス街ではスーツを着たサラリーマンばかり見かけるから余計新鮮に見えたが、少々この場では浮いて見える。

　鷹尾は珍しく緊張しているようだった。いや、なにかを警戒しているようだ。

「お前一人か」

「え? うん。もう帰るだけだし」

「そうか。なら、夕飯に行かないか。話したいことがあるんだ」

　鷹尾と食事に行くことは珍しくないが、転職してからは一度もない。別に構わないという気持ちと、前職の上司と食事に行くのってどうなんだろう? という気持ちが交差する。

　友人関係に戻れるには、もう少々時間がかかりそうだとも思っていた。

「えっと……」

　どうしようかな、と返事に困っていると、いつの間にか鷹尾の視線が沙羅の背後に向けられていた。彼の表情がみるみる厳しいものに変わっていく。

　振り返れば、ビルのエントランスから帰り支度を済ませたライナスがやってきていた。

　会議が早く終わったのだろうか? と考えている間に、にこやかな微笑を浮かべたライナスが沙羅の方へ近づいてくる。

「よかった、間に合ったね。今から帰るのなら送っていこう」

「お疲れ様です。今日は会議が早く終わったのです、ね？」

最後の言葉を言い切る前に、鷹尾に手首を握られて引き寄せられた。まるでライナスから離そうとでもするかのように。

社交的で、滅多に人に敵意など見せないのに、鷹尾らしくない行動だ。初対面のはずだが、鷹尾がライナスにあまりいい感情を持っていないことが伝わってくる。

「え、いきなりなに？　先輩」

「沙羅、こいつ誰」

「ちょっと、失礼な言い方しないで。うちの社長よ。今彼の下で働いてるの」

「はじめまして、ライナス・キングフォードです。あなたが沙羅さんの前職のボスかな。彼女の手を放してくれますか」

鷹尾は社交的な笑みを見せた。ビジネスシーンでよく見る表情だった。

鷹尾は沙羅の手を放し、ライナスに挨拶を返した。

二人とも一見にこやかな表情に見えるが、目の奥が笑っていない。

――あれ、これどういう状況？　なんか二人とも怒ってる……？

いや、鷹尾は焦っているようにも見えた。どことなく余裕を感じない。プライドの高い彼が初対面の人の前で焦りを見せることは滅多にないのだが、一体どうしたのだろうか。

「では、私たちはこれで。――沙羅、向こうに車停めてるんだ。行くぞ」

ふたたび鷹尾に手首を摑まれた。

身体が傾きそうになった瞬間、反対の手を誰かに摑まれる。

「え？」

今度はライナスが沙羅のもう片方の手を握っていた。まるで引き留めるように。先ほどから変わらない笑顔が少々怖い。

「彼女は私が責任を持って送ります。今は私の秘書なので」

「どうぞ遠慮なく。彼女は私と子供の頃からの付き合いなので。仕事の関係がなくなっても交流関係は続くんですよ」

囚われの宇宙人のような恰好になりながら、頭上で背の高い男二人が妙なことを言い争っている。人の真上で会話するのはやめてほしい。

——一体なにが起こっているの……。

会社のメインエントランス付近で目立つ二人に囲まれていたら、嫌でも注目されてしまう。鷹尾の人懐っこい笑顔は老若男女を虜《とりこ》にすることを思い出した。

「あの、二人とも放して……」

「彼が放したら放すよ」

「あなたが放すのが先でしょう。プライベートのことまで上司がでしゃばるのは感心しませんよ」

鷹尾が正論を言ってくる。

——プライベートの問題に私を巻き込んだやつがよく言えるわ……。

内心呆れてしまうが、今はこの状況から逃れたい。

「沙羅はどうしたい？　私にではなく、彼に送られたい？」

「ちょっとその言い方はずるくないか。上司に言われたら、自分を選べと言っているようなものでしょう」

「余裕のない男性は見苦しいですよ」

「それはお互い様だろう」

——やばい、この二人相性が悪い……なんでかわからないけど。

お互い、初対面のはずなのに何故言い争っているのだ。

沙羅は溜息を吐き、一人で帰ると言おうとしたが、ライナスに微笑まれたため「社長に送ってもらいます……」と渋々告げた。鷹尾はなにか急用があれば、また電話がかかってくるだろう。

「では、彼女は私の車で送りますね」

ビルのロータリーには、少し前からライナスの車が停車していた。

ライナスは沙羅をスマートにエスコートし、鷹尾を置いて歩みを進める。

運転手が後部座席のドアを開くと、ライナスは沙羅に有無を言わせず座席に座らせた。てっきり彼もそのまま帰るのかと思いきや、運転手に沙羅の自宅に送り届けるよう伝えている。

「え？　私だけ？」

「私は少し彼と話があるから。では、またね」

扉が閉められて、車が発車した。

沙羅は慌てて運転手に自宅の住所を告げる。

――なんだったんだろう？

ライナスは鷹尾と一体なにを話すのだろうか。

当事者なのに蚊帳《かや》の外のような疎外感を味わい、もやもやした気持ちを抱えたまま帰宅した。

◆
◆
◆

沙羅が乗った車が発車したのを見届けて、ライナスは鷹尾と向き合う。

この男は彼女と子供の頃からの付き合いだが、彼女に見限られた男だ。わざわざ会いにきたのは、恐らく彼女の就職先が自分の会社だということに気づいたからだろう。

――沙羅が気になるならもっと早く気づけたはずだが、随分時間がかかったな。

詰めの甘い男だ。彼女を任せるには頼りなさすぎる。

「――それで、何故あなたが沙羅に接触しているんだ。そちらは二度と関わらないはずだっただろう」

「その質問を何故あなたがするのかは疑問だが、答えはひとつ。私が彼女を幸せにすると決めたからだ」

「なに？」

鷹尾が怪訝な表情を浮かべた。社交辞令などは捨てて、素のままの自分をぶつけてくる。その真っすぐさは嫌いではないが、沙羅に近づくことは許せない。

「私はね、本音を言えば君が彼女を幸せにできるのならそれでも構わなかった。だが君は彼女を蔑ろにし、都合よく利用した。そんな男の傍にいても彼女は不幸になるだけだ。ああ、でも悪戯に手を出そうとしてきた男を追い払ってきたことだけは褒めてやろう」

「お前……どこまで知って」

鷹尾の顔から血の気が引いていく。自分を含めた沙羅の行動を、一体何年分把握しているのだろうと言いたげな表情だった。

そんな彼の質問に答えることなく、ライナスは余裕の笑みを浮かべてみせる。

「さあ、どこまでだろうね。私がこの国に足を踏み入れたのは今年に入ってからだ」

もうこの男に用はない。沙羅の傍にいたのに幸せにできなかった男になど。

ライナスは呆然としている鷹尾を置いて、一人駅の方へ歩みを進める。適当なところでタクシーを拾い、とっくに記憶している住所を口にした。

「その前に、寄り道をしてもらってもいいですか。お店に寄ってもらいたいんです」

「はい、いいですよ」

沙羅は今夜なにを食べるだろうか。

彼女が提出したリストを思い出し、くすりと微笑む。食の好みだけでなく、一緒に生活していなければ気づけないような細かな幸せまで書かれていた。

好きな香り、好きなリラックスタイム、好きな音楽、好きな飲み物。湯上がりのアイスクリームはヴァニラが多いそうだが、今度他のフレーバーを贈ったらどういう反応をするだろうか。

肌ざわりのいいパジャマを好むのなら、彼女に似合うものを選んで贈りたい。眠るときも自分が選んだものを身に着けてくれていると思うと、一緒に眠っているような気分になれる。

あまり唐突にやりすぎるときっと引いてしまうだろう。徐々に、時間をかけて彼女との距離を縮めて、少しずつ好きになってもらえばいい。

――我慢できずに気持ちを伝えてしまったが、悪くないだろう。沙羅にはもっと、私を男として意識してもらわなければ。

好きという二文字だけでは、この気持ちを表せられない。愛しているだけでもない。好きと愛と、他にもいろいろと混ざった感情を一体なんと呼べばいいのだろう。狂おしいほど愛おしい。執着という言葉が一番しっくりくるかもしれない。

彼女を幸せにする男は自分だけでいい。

これからもずっと、彼女に頼られる男は自分だけでありたい。ライナスはそう心の中で呟いた。

◆　◆　◆

もやもやした気持ちのまま夕飯を作ろうとして、沙羅は大した食材が冷蔵庫に入っていないことに気づく。

「しまった、スーパーで降ろしてもらえばよかった」

これから買い出しに行くべきか……いや、今日はもう諦めて、出前を取ってしまうのもいいかもしれない。適当な野菜スープなら作れるが、メイン料理は注文しよう。

バッグからスマホを取り出し、出前のアプリを起動させる。

たまに利用する出前サービスをネットで注文できるのはとても便利だ。

「ラーメン、中華、ファミレス、和食、サラダ、寿司……うーん、どれもピンとこない……」

ピザという気分でもない。それともピザを注文し、金曜ロードショーを観ながら無理やりテンションを上げて、一人ピザパーティーをするべきか。

「どうしようかな～ビールはあるんだよね。映画観ながらビールを飲んで、なに食べようか。焼き鳥？　なんか違う」

作る気力が消えているから出前を頼もうとしているのに、選ぶだけで気力を使う。

疲れすぎていると、選ぶのも億劫になる。メニューを見ているだけで満足した気分になり、アプリを終了させた。

「あーもう、なんか気分じゃない……。食べるのも面倒くさい……」

時刻は十九時を少し過ぎている。今ならまだスーパーのお惣菜も売っているが、帰宅途中の買い物客で混んでいるかもしれない。

ルームウェアに着替えた後にふたたび外に出るのも面倒だ。

仕方なくキッチンの備蓄を漁ると、缶詰がいくつか見つかった。

「……もうこれでいっか。鯖《さば》の水煮缶。確かこれを使ったうどんか素麺《そうめん》のアレンジレシピがあったはず。あとは適当に冷凍野菜でも食べよう」

料理をしたくなくて出前を取りたいのに結局料理をする羽目になる現象。これに名前をつけたい。

そんなしょうもないことを考えていたら、部屋のインターホンが鳴った。

「あれ、宅配便かな？」

なにか来る予定だっただろうか。実家の両親がなにかを送ってきたのかもしれないが。

警戒しつつインターホンのモニターを確認する。

「え、社長？」

そこには先ほど別れたライナスが立っていた。とっさに応答してしまう。

「どうされました？」

『急にごめんんね。君と話がしたいんだ。少し時間をもらえないだろうか』

話とは、先ほどの鷹尾とのことだろうか。あの後なにを話していたのか気になっていたが、何故住所がわかったのだろう。

——そうだ、前に自宅まで送ってもらったからだ。よく覚えているわね……。

こういうときはどうするべきだろう。駅前のファミレスに誘導するべきか。けれど、ここまで来てくれたのに、部屋にまったくあげないというのも失礼なのではないか。それに、自意識過剰な気もする。

もう一度ライナスを見ると、彼は不安な表情でこちらの様子を窺っていた。

——どうしよう、どうしよう……ああでも、無理だ。そんなしょんぼりした顔をされては断れない！

ライナスに下心がないとは言い切れないが、紳士な彼は沙羅が嫌がることはしないだろう。そう信じて、沙羅はライナスに答える。

「あ、はい、大丈夫です。でも、ちょっと散らかってるので、玄関の前で少し待っててください」

『ありがとう』

解除ボタンを押して、慌てて部屋を見回す。手に持っていた鯖の水煮缶はサッと戸棚に仕舞った。

「ヤバい！　片付けなきゃ！」

ソファやベッドの上に脱ぎっぱなしの洋服は、まとめてクローゼットに放って扉を閉めた。手早くベッドメイキングをし、ソファに置いてあるクッションも見栄えよく立てかける。

　洗面所に行き、新しいタオルをかけて、使用済みは洗濯機に入れて蓋《ふた》を閉じた。浴室乾燥をしていた下着類を取り込み、急いでタンスの引き出しに放り込む。その直後、ふたたびインターホンが鳴った。

「はい！　すみません、あと五分お待ちを！」

『ＯＫ』

　心なしか声が笑っているように聞こえたが、今は気に掛ける余裕がない。

　洗面所に出しっぱなしの基礎化粧品をすべて戸棚に仕舞い、床に髪の毛が落ちていないかチェックし、手早くフローリングを拭き掃除する。

「トイレ掃除は今朝したばかりだし、とりあえずいいか……他に見られて恥ずかしいものは出てないよね」

　十帖の１Ｋはよくある造りになっている。廊下にキッチンがあり、その奥がリビング兼寝室だ。換気のために少し窓を開けて、玄関扉を開いた。

「すみません、お待たせして……！」

「そんなに待ってないから気にしないで。私の方こそ、連絡なしに突然やってきてすまない」

　――本当心臓に悪いです、とは言わないけど。

沙羅は笑顔でライナスを部屋に招き入れる。

「えっと、多分、女性用のスリッパだと入らないと思うので、靴下のままでいいですか?」

「構わないよ。沙羅は可愛いスリッパを履いてるね」

「あ、ありがとうございます……」

羊の顔がついたスリッパは近所の雑貨屋で売っていたものだ。愛らしい顔に惹《ひ》かれてつい買ってしまったのだが、なんとなく気恥ずかしい。

──子供っぽいって思われたかな。いや、別にどう思われようと構わないけど。

玄関を上がったライナスが、沙羅の恰好を観察する。

「プライベートの姿は新鮮だね」

「え……」

部屋を片付けることに集中してすっかり着替えるのを忘れていた。沙羅が着ているのは、セットのカーディガンとショートパンツのルームウェアだ。中はカップ付きキャミソール。部屋着としては一般的だが、上司に見せる姿ではない。

「ご、ごめんなさい! 着替えてきます……!」

「何故? そのままでいいよ、せっかく可愛いのだから。手触りがよさそうなルームウェアはこれのことだったのかな」

「ええ、まあ……」

もこもことしたニットのカーディガン。暑すぎず寒すぎず、秋の季節にぴったりのものだ。しかしせめて中はＴシャツにするべきだったかもしれない。胸元が少々心もとない気持ちになる。

照れくさくて視線を逸らしていると、ライナスが沙羅に紙袋を手渡してきた。

「ごはん、まだだろうと思っていろいろ買ってきたんだ。ワインとサラダとラザニアにガーリックトーストとか、いろいろあるよ」

中を開けると、たくさんの惣菜が入っている。有名店のものはどれも味がおいしいことで評判だ。

「えー！　嬉しい！　お腹減ってたんです、ありがとうございます。ビーフシチューもある！　どれから温めようかな」

赤ワインは冷やさなくても大丈夫だろう。まずは前菜のサラダとつまみ系を皿に盛った方がいい。

「あ、すみません、廊下のまま部屋にご案内もせずに。狭いので驚くと思いますが、こっちが私の部屋です。ソファに座っててください。すぐ用意しますね」

ライナスを部屋のソファに座るよう勧めて、沙羅は窓を閉めた。少しだが、換気はできただろう。カーテンを閉めて、テレビのチャンネルをライナスに渡す。

「テレビって見ますか？　よかったら好きなのどうぞ」

「ありがとう。私も手伝うよ」

「いえ、お気になさらず。狭いので座っててください。あ、でもその前に手を洗ってきてください。洗面所はこっちです」

洗面所と、ついでにトイレの場所も案内する。自分の部屋にライナスがいることが不思議でたまらない。

――なんでこうなってるんだろう?

鷹尾とのことは気になるが、本題は食べながら尋ねればいい。思いがけずおいしそうな夕ご飯が手に入り、現金にも沙羅の気分は高揚していた。

手を洗い終えたライナスにワインを開けてもらうようお願いする。ワインオープナーは以前なにかの景品でもらったものだが、きっと使えるだろう。

「ワイングラスなんてうちにないんで、普通のグラスになっちゃいますけど」

友人の結婚式の引き出物でもらったペアのグラス。小ぶりで、ガラスに花柄の模様が入っている。

「可愛いね。ありがとう」

ライナスの手に収まると、まるで子供用のグラスに見えた。似つかわしくなくて笑いそうになるが、なんとか堪える。

アボカドとエビが入ったコブサラダ、スモークサーモンのマリネ、一口サイズのモッツァレラチーズを皿に盛ってソファの前のローテーブルに置いた。

――私が好きな食べ物ばかりだわ。この間提出したリストに、アボカドもサーモンもチーズも入ってたし。覚えてくれていたのね。

妙にくすぐったい気持ちになる。そして、それを事も無げに実行してしまうライナスに、内心たじろぎそうになった。

料理を盛りつけた皿が三枚と取り皿を置いたらテーブルがいっぱいになってしまった。ガーリックトーストをオーブンで焼いているが、それは自分たちの取り皿に置くしかない。

「ラザニアはこれを食べてからにしますね。すごいおいしそう」

「喜んでくれてよかった。急に来たから迷惑なのではないかと思っていたんだ」

さすがに迷惑とは言えない。

「それはまあ驚きましたけど……一体どうしたのかなって。でも私に話があったんですよね」

「うん、食べながら話そうか」

チン、とオーブントースターの音がした。ガーリックトーストのいい匂いを嗅ぎながら、ビーフシチューを電子レンジに入れて温める。頑張ればもう少しテーブルのスペースは作れるだろう。

焼きたてのガーリックトーストをそれぞれの取り皿に置いて、温めたビーフシチューはぎりぎりテーブルにのせた。

「狭くてすみません」

「謝ることはない。私は沙羅と一緒に食事ができて楽しい。それに、沙羅の部屋はこんな感じなのかと知れてとても嬉しいよ」

「……それはよかったです」

ワインが入ったグラスを持ちあげ、乾杯する。恐らく上等なワインだろう。部屋にあった適当なグラスに入れて呑むのが申し訳なくなるほどの。

一口呑むと、芳醇な香りと深い味わいが口いっぱいに広がった。甘すぎず、渋すぎない。沙羅にとって呑みやすくてちょうどいい。

「おいしいです」

「君の好みでよかった。ところで沙羅、今はオフィスでもないし、二人きりなんだけど」

「え？　そうですね」

「敬語、なしで話してくれるんじゃないの？」

「あ……」

そういえばそんな約束をしていた。

あれからその条件を満たす場所にいなかったため、すっかり忘れていたのだが……ライナスは覚えていたようだ。

いきなり口調を変えるというのは、どうも照れくさい。

「敬語なしじゃないとダメですかね？」

「約束は約束だ」

いつもは沙羅の意見を尊重するが、ライナスはよほど上司と部下という壁を取り払いたいらしい。

ふたたびワインを呑んで、沙羅は「……わかったわ」と渋々頷いた。

「うん、約束は約束だものね。敬語はやめにする」

「よかった、嬉しいよ」

こんなことで嬉しがる理由がよくわからないが、彼には大事なことなのだろうと、沙羅は自分を納得させた。今はプライベートの時間なのだ。仕事も彼の役職も忘れることにする。

赤ワインとビーフシチューはとてもよく合った。ガーリックトーストを少しつけて食べるのもおいしい。

沙羅のグラスが空くと、甲斐甲斐しくライナスが注いでくれる。

「あまり呑み過ぎないように気を付けて」

「言葉と行動が一致してないけど」

「そうだね。呑み過ぎても私が介抱するから大丈夫だよ」

「グラス二杯じゃ酔わないからご心配なく」

「そう、それは少し残念」

他愛もない会話をしながら食べるのは思いのほか楽しかった。もっと気まずいかと思ったが、ライナスが話し上手なため、間がもたないような空気が流れることもない。

けれど警戒を怠っているわけでもない。頭の片隅で、ライナスは自分を捕食しようとする雄なのだということを意識している。

——顔がよくて社会的な身分もあって、お金にも苦労していない男性が私に本気になるとは思えないし。かといって私が遊び相手に適任とも思えないけど。ライの真意が未だにわからないわ。

わからないが、二人で過ごす空気が嫌いではないのが困る。彼といると穏やかな心地になるのも不思議だ。

詐欺という線はさすがに消えているが、遊び人かもしれないという疑念はまだ残っている。モデルのような美女とのアバンチュールを楽しんでいそうな男が、沙羅を本気で恋愛対象として見ているとも信じがたい。

果たして自分はライナスとどうなりたいのだろう。彼に遊ばれたとしても、思い出として受け止められるのだろうか。

——遊びで部下に手を出すような不誠実な人じゃないと信じたいけど。……私はどうなりたいんだろう……。まだ恋愛感情を持っているとは断言できないし、正直わからないわ……。

ラザニアも平らげて、二人の皿が空になった頃。沙羅は本題に切り込んだ。

「それで、ライがうちに来た本当の理由はなに？　先輩となにを話していたのか教えてくれるの？」

「気になる？」

「それはもちろん。いきなり先輩にオフィスの前で待ち伏せされていたのも驚いたけど、ライが現れたのにも驚いたし。結局先輩がなにを話しに来たのか聞けていないから。大した用事じゃないのならいいけれど」

鷹尾の要件がなんだったのかはわからない。スマホを確認したが、彼からはなにもメッセージが届いていなかった。

単なる気まぐれとも思えないが、こちらから電話をかけるのも少々気が進まない。

――私が惜しくなって会社に戻ってくるように言いに来たとか？　いや〜まさかねぇ……。

まだ三か月も経っていない。彼が泣きつくには早すぎるし、自分の他にも優秀な人材は多く在籍している。引き継ぎもしっかりしてきたため、泣きつかれるようなことはないだろう。

それならばプライベートの要件だったのだろうか。

「……沙羅は、彼とどういう関係なの？　子供の頃からの知り合いだと聞いているけれど、君は彼に特別な感情を抱いているのかな」

「特別な感情？　まさか恋愛感情がないかってこと？」

「そう。彼とずっと一緒に過ごしてきたのなら、そんな感情が生まれてもおかしくない。客観的に見ても、彼は魅力的な男性の部類だ」

質問を質問で返されてしまったが、突拍子もないことを訊かれてとっさに答えが出てこない。

子供の頃から知り合いなのは事実だが、同じ学校に通い始めたのは高校からだ。鷹尾が生徒会長をしている姿がかっこいいと思ったこともあるし、初恋の相手でもある。だが、告白をしようと思うまでには至らず、年上の男性への憧れだったのだと途中で気づいたし、相手がどう思っているかもわからない。

「昔は憧れのお兄ちゃんではあったけど、今はなんとも。あの男の女性関係のだらしなさを見ていたら、そんな感情芽生えてこないもの。好きとか、そういうのはないわ」

「そう……」

一拍後、沙羅が握っていたグラスがライナスに取られ、コトっとテーブルに置かれる。ライナスはソファから腰を上げると、ラグの上に膝をついた。しっかりと厚みのあるラグはふかふかで昼寝ができるほど柔らかい。

ラグに座る沙羅と同じ目線になり、急にどうしたのだろう？　と首を傾げた直後、沙羅の視界がぶれた。

「え……」

背中に当たるふかふかの感触。そして視界にライナスが入り込み、彼に押し倒されているのだと気づいた。

「ライ……ッ？」

「沙羅が彼をなんとも思っていないのなら、私を意識してほしい。君の愛を乞《こ》う男として、私を好きになってほしい」

甘くとろりとした声で囁かれる。ライナスのエメラルドの瞳に自分の呆《ほう》けた顔が映っていた。

何度目かの告白は、嘘や冗談には聞こえない。遊び相手に向ける眼差しでもなくて、沙羅の鼓動がドクドクと速まる。彼の真摯な眼差しが顔を熱くさせた。

——本気？　本当？　でもどうして……。

「私は……んっ」

答えはまだ聞きたくないとでも言うように、ライナスに唇を塞《ふさ》がれる。

柔らかな感触と温もりが直に伝わり、舌先で下唇をなぞられれば薄く口を開けてしまう。

ライナスの肉厚な舌が沙羅の口内を蹂躙《じゅうりん》する。

「あ……っ、んぅ……」

逃げ惑う舌を絡ませられ、強く吸い付かれた。腰がビクンと跳ねる。

吐息までも奪うような情熱的なキスは初めての体験だった。口に溜まった唾液は一体どちらのものなのかわからない。零すことなく飲み込むと、ライナスが満足そうに微笑んだ気配がした。

「ラ……、イ……」

唇が離れた瞬間に彼の名を呼ぶが、ライナスは止まらない。

止めてほしいのかもわからず、気づけば沙羅の腕はライナスの首に巻き付いていた。この行為をもっとねだるように。

――どうしよう、くらくらしてきた……。

一気にアルコールが回ってきたのだろうか。それともライナスに酔わされているのだろうか。

深く合わさったキスは、少しだけワインの味がする。実際のワインよりももっとアルコール度数が高くなったかのよう。

「沙羅……」

唇が触れるか触れないか、互いの吐息が感じられる距離で、ライナスが沙羅の名前を呼んだ。その声には悩ましいほどの色香が滲んでおり、沙羅の下腹がさらなる刺激を期待するように収縮する。じんわりと熱が籠り始め、下着が潤っているのを感じていた。

うっすら目を開けて、至近距離でライナスの目を見つめる。潤んだ緑色の瞳には隠しきれない情欲の焔《ほのお》が浮かんでおり、その熱に沙羅は身を焦がしそうになった。

「私はどうしようもないほど、君が好きだ……」

白い肌がうっすらと色づいている。彼の興奮が手に取るように伝わってきた。

声も肌も視線も、ライナスは全身で沙羅が好きだと訴えてくる。その気持ちを否定することはできない。

「ライ……」

「私も」と応えられたらどれだけいいだろう。その一言を呟けば、沙羅が寂しさなど感じないほど、きっとこれからライナスがたっぷりと愛情を注いでくれる。

だが、そのたった一言が喉から出ない。

ライナスの気持ちは素直に嬉しいと思うのに、キスも受け入れているのに、自分の心はまだ彼を受け入れる準備ができていなかった。

そんな葛藤に気づいているのか、ライナスは沙羅に答えを求めない。

沙羅の上気した頬に手を添えて、輪郭《りんかく》を確かめるように触れてくる。

「君の瞳に私が映っている。それだけで、私がどれほど嬉しいか、きっと君にはわからないだろう。でも、まだそれでいい。沙羅の心が私に向いていなくても……傍にいてくれたら、それで」

最後は自分自身に言い聞かせているようだった。多くを望まないのだと納得させているように聞こえる。

——なんでそこまで……？

何故これほど、ライナスは自分を求めているのだろう。

まだ出会って三か月も経っていない。共に仕事をして、時折食事をする関係だ。

それだけなのに、ここまで彼が自分を想ってくれる理由がわからない。

——気持ちが嘘じゃないなら、彼はなにか私に隠し事をしている……？　だからそんなに切ない目で私を見てくるの？

沙羅が知らないなにかを知っているのではないか。鷹尾と話していたのも、もしかしたらその隠し事と関連しているのかもしれない。ただの前職の上司とあの場に残っていたのは、沙羅に聞かれたくないなにかを話していたからだろう。

その隠し事もいずれライナスが明かしてくれるのだろうか。それとも、ずっと隠し通そうとするのだろうか。

自分はどっちを望んでいるのだろう……もし知らない間になにかの当事者になっているのなら、隠されるより明かしてもらう方がいい。理由はなんにせよ、知らないというのは居心地が悪い。

きっとライナスは、沙羅が望めばそれに応えてくれるはずだ。短い期間で、ライナスが誠実で優しい人間だというのは伝わっているから。

でも今は、彼の思惑や秘密に目を瞑《つむ》ってもいいかもしれない。こうして触れてくれるのが思いのほか心地いいから、なにも考えずにライナスの熱に溺《おぼ》れてみたい。

――酔った勢いでいいから、もう少しだけ……。

初めて、自分のことをずるい女だと思った。それでも沙羅は未知の体験に一歩足を踏み出してみたくなった。思考が欲望に支配されているみたいに。

「もっと……」

ライナスの首を自ら引き寄せ、唇を合わせた。湿った唇は柔らかくて、少し合わさっただけで背筋に電流が走る。

彼とのキスはとても心地いい。キスをしただけでこんな風に思えたのは初めてだった。

拙い恋愛経験しかないが、それでもキスはしたことがある。だがそのときは、深く繋がったキスはお世辞にも気持ちいいとは思えず、粘膜を擦り合わせる営みはしたくないと思ってしまった。相手に恋愛感情を抱いていなかったということなのかもしれない。

——それなら、私はライに恋愛感情を抱いているのかな……キスをねだるほど……。でも、そんなの今はどっちでもいい。

ライナスは沙羅のおねだりに僅かに目を瞠り、すぐに求めていたものを与えた。

先ほどよりも性急さは感じられない。奪うようなキスではなく、愛情を伝えるように唇が合わさっている。歯列を割られ、頬の内側を擦られる。

深く口づけを受け入れながら、沙羅はライナスの手が自分の身体に触れていることに気づいた。

キャミソールの裾から手が入り、沙羅のなだらかな腹部に触れている。

ジムにも通っておらず、自宅で筋トレもしていない身体に触れられるのはかなり恥ずかしいが、ライナスの手は沙羅の肌の感触を楽しんでいるようだった。

臍《へそ》の上を円を描くように触れていた手が、次第に上がってくる。

カップ付きキャミソールは、カップを少しずらしただけですぐに胸に触れられるだろう。

ぼんやりした頭で、ライナスに触れられる手が気持ちいいと感じていた。

小さなリップ音が響き、彼の唇が離れていく。

「沙羅……嫌だったら抵抗して。でないと、私も止められない」

目を開けて、視界に飛び込んできたライナスの表情は、先ほどよりも濃く劣情を宿していた。うっすらと目元が赤く染まっている。

その端整な美貌が自分を求めてくれているのだと思うと、何故だか胸の奥がギュッとした。じんわりと満たされていくような心地がし、ごくりと唾を飲み込む。

掠れた声で、小さく呟く。

「……嫌じゃない……」

「そんなことを言われたら、止まらないぞ……」

ライナスが上体を起こした。ラグの上に押し倒されたままの沙羅を抱き上げて、数歩離れたベッドの上に寝かされる。そのままライナスは電気のスイッチをひとつ切った。

LEDのライトが消え、柔らかな電球色の明かりだけが残る。

ライナスはベッドに近づきながらベストの釦《ボタン》を外し、ネクタイを首から引き抜いた。片膝をベッドに乗せて、マットレスが沈む。

いつになく荒々しい仕草が紳士的な彼とかけ離れていて、沙羅の鼓動がドキドキと高鳴った。じっと見ているのははしたないと思うのに、目が釘付けになってしまう。

シャツを脱いだライナスの身体は、適度に鍛えられており引き締まっていた。綺麗に筋肉がついた均整な身体だ。

その美しさにほうっと息を吐き、見惚れていた事実に気づいてサッと視線を逸らす。

「沙羅、私を見て。恥ずかしくても私を見てほしい」

逸らした視線をおずおずと戻すと、それだけでライナスは嬉しそうに微笑んだ。彼の視線が甘くて熱い。はっきりと自分に欲情しているのだと伝わってきて、沙羅の喉が小さく引きつった。

嬉しいのか恥ずかしいのか、逃げ出したいのかわかない。

だが、ここで逃げ出してもライナスにすぐ捕獲されるだろう。それより彼の檻に少しだけ囚われてもいいかもしれない。

ライナスが笑みを深めた。

視線が交わったまま沙羅に覆いかぶさってくる。

「そう、私をずっと見ててほしい」

「……うん」

蜜を溶かしたような優しい口調。そんな目と声でお願いされたら、頷かずにはいられない。

頬に触れるだけのキスをされる。まるで親愛の証のようでいて、恋人同士のむつみ合いにも感じる。くすぐったさと甘さが胸の奥に広がっていく。

――くらくらする……さっきからずっと。

アルコールの酩酊《めいてい》感とライナスの色香が混ざり、お腹の奥が先ほどより熱く疼いている。身体は正直らしい。キスよりももっと強い刺激を期待している。快楽を与えられたいと望んでいるように。

――ライに触れられるのが嫌じゃない……。彼の熱をもっと感じたい。

「沙羅、脱がせていい？」

「……っ！」

ルームウェアのカーディガンを軽く引っ張られた。

視線のみで頷くと、ライナスは沙羅の背中に腕を入れて身体を浮かせた。カーディガンを脱がされ、キャミソールとハーフパンツのみの姿になってしまう。

こんな薄着の姿は男性に見せたことがない。キャミソールを脱いだら、自分の胸も見られてしまう。人前で裸を見せるのは旅行中の温泉くらいだ。同性でも慣れるまで落ち着かなかったのに、ライナスに見せたら一体自分はどうなってしまうのか。

「そんな困った顔をされたら、もっと困らせたくなる……もうなにも考えないで。私のことだけを見てて」

キャミソールの裾から彼の手が侵入してくる。そのまま丁寧に捲《まく》りあげられ、頭から脱がされた。

「あ……っ」

肌に空気が触れる。寒さを感じないのは、身体が火照っているからだろうか。

「綺麗だ」

ライナスの視線が沙羅の肌に注がれる。胸を見られて、思わず両手で隠そうとした。

しかし両手首を頭の上で固定されて、隠すことができなくなる。

「ライ……、見ないで」

「ごめん、できない。こんなに綺麗な肌を見ないなんて無理だ。もっと見せてほしいし、君のすべてが知りたい」

「そ、そんな、他の人と同じだと思う……」

水着モデルにでもなれるようなナイスバディだったら自慢できるが、自分の身体が綺麗だと思えたことはない。胸の形は崩れていないと思いたいが、仰向けに寝ていたらそれもわかりにくいだろう。

注がれる視線が熱い。焦げてしまいそうだ。

見つめられるだけで肌が粟立《あわだ》ちそうになる。緊張からか、はたまた期待からか。胸の尖りが硬くなった。

「かわいい……」

ライナスの呟きが聞こえた直後、胸が湿ったなにかに覆われた。続いてざらりとした生々しい感触。彼に舐《な》められているのだと気づき、先ほどよりも濃い酩酊感に襲われる。

「あぁ……ッ」

胸の頂《いただき》を吸われて舌先で転がされる。

ライナスは硬く主張した胸の飾りを丹念に舐めた。ちゅぱちゅぱと唾液音が響くのが淫《いん》靡《び》だ。鼓膜も同時に犯されている心地になる。

ライナスに舐められている胸に意識が集中するなか、反対側の胸もやわやわと弄《いじ》られだした。先ほどまで頭上で固定されていた手首が自由になっている。いつの間にライナスが手首の戒めを解いたのかも気づかなかった。

「あ、あぁ、ん……っ」

胸の柔らかさを堪能するように優しく揉《も》まれ、頂を指先で転がされる。両方の胸を同時に攻められて、沙羅の視界に靄《もや》がかかってきた。

——どうして……自分で触れてもなにも感じないのに……。こんなに気持ちいいって思えちゃうんだろう。

ライナスが自分の胸に夢中になっている光景もキュンとくる。視覚からの刺激が強すぎて、同時に下着の潤みが増したのを感じていた。

時折胸の頂に歯を立てられ甘噛みされるのも刺激になっていた。きっと彼の唇が離れたら、散々舐められたそこは赤くぷっくり腫《は》れて、熟《う》れた実のようになっているだろう。想像しただけでいやらしい光景だ。

ライナスの唇が移動し、胸の谷間に強く吸い付かれる。

「ンンッ！」

背筋にびりびりとした電流が走った。ちくりとした痛みはきっと、キスマークをつけられたのだろう。

「ああ……綺麗に咲いた」

ライナスがうっとりと呟いた。満足そうな声音からすると、彼の欲望を満たせたのだろうか。

「沙羅……とても素敵だ。なんて美しいんだろう。こんな淫らな君の姿を私の他に見た男がいたとしたら、嫉妬で狂ってしまう」

ライナスの乾いた指先が沙羅の鎖骨から胸元に触れていく。その指が先ほどつけた鬱血《うっけつ》痕《こん》にたどり着いた。赤く散った花が消えないのを確かめるように、ゆっくりとなぞっている。

彼の発言が冗談に聞こえなくて、沙羅は迷いながらも言葉を選ぶ。

「……いない、いないわ……そんな人」

「本当に？」

本当かどうか見定めようとするかのような鋭い視線を向けられたが、沙羅は素直に頷いた。

「こんな風に触れられるのも、ライが初めてだから……すごく、恥ずかしい……」

まだすべてを見られているわけではないが、胸とお腹を見せているだけで激しい羞恥心に襲われている。これでもし、下半身を覆うハーフパンツと下着を脱がされたら、一体どうなってしまうのだろう。

ライナスから漂う色香が濃くなった。彼の視線だけで、妊娠してしまいそうな破壊力がある。キュッと上がった口角が彼の心情を物語っていた。

「よかった。沙羅に触れられる男は私だけがいい。他の男に君のこんなセクシーな姿を見せたくない。あの鷹尾という男にも」

「先輩とはそんな関係じゃないから」

「うん、信じるよ。沙羅の言葉はすべて信じる。これが私の我がままだということもわかっているけど、ごめん。止められないんだ。君のことになると、私は自分でも気づかなかったほど愚かな男になってしまう」

ライナスの手が沙羅の胸に触れる。輪郭を確かめるように触れたかと思えば、その手が徐々に下がってきた。臍の上に手を置いて、手のひらの温もりを分けるようにそっと動かしてくる。

その動きに沙羅の神経が集中した。彼が触れてくる箇所が熱い。些細な動きすら敏感に感じ取ってしまう。

「細い腰だ……ちゃんと食べているのか心配になる」

「た、食べてるよ……少し太ったくらい」

触れているのならわかるだろう。柔らかな感触が伝わっているはずだ。

彼の大きな手で腹部を撫でられるだけで、腰が揺れそうになる。下腹がキュンと収縮し、胎内に籠る熱が大きくなる。

「はぁ……あ……っ」

ふいにライナスの手が下腹に触れた。ショートパンツの内部に侵入し、不埒《ふらち》な指先が下腹をくすぐってくる。

「……んっ」

「くすぐったい？　それとも、君の身体は私を求めているのかな」

臍の上を撫でられたときよりも、さらに直接的な刺激を感じてしまう。ライナスに触れられている奥が疼いて仕方ない。

もっと欲しいと身体が望んでいることが恥ずかしいと思うのに、止められそうになかった。

「あぁ……ンッ！」

「すごく熱い。もうこんなに濡らしていたのか……気持ち悪かっただろう、これも脱いでしまおう」

ライナスの手がさらに奥へと侵入し、ショーツの上から秘所に触れた。

くちゅり、と粘着質な音が響く。あまりの羞恥に沙羅の顔は真っ赤になった。

「や、ライ、ダメ……っ」

「なにがダメなの？」

「だって、恥ずかしいし汚いし……」

「これからもっと恥ずかしいことするのに。可愛すぎて困ったな」

口調はまったく困っているように聞こえない。むしろとても楽しそうだ。

ライナスは沙羅の腰に腕を回し、お尻側からハーフパンツを下ろそうとする。

あまりの手際の良さに、女性慣れしていることが窺えた。これだけの美男子なのだから、女性と交際したことがないはずがないのはわかっている。が、少しだけモヤッとした気持ちにもなった。

「手際よすぎ……！」

ショートパンツがふくらはぎまで下ろされて、足からするんと脱がされる。

ライナスは沙羅の片脚を自身の肩にかけて、ふくらはぎにキスをした。

「綺麗なアイヴォリー色だ。柔らかくて張りがあって、どこもかしこも舐めてしまいたい」

「ひゃあ……っ！」

自分のふくらはぎに愛おし気に口づけされて、そのまま視線を合わされる。言葉には言い表せないほどの濃厚なフェロモンが放出されていた。今さらだが、とんでもない男に抱かれようとしているのではないか。

――存在がエッチ……！　流し目危険！

ショーツ一枚の姿にまで剝かれてしまって、心もとなさが半端でない。

今日は何色を穿いていたっけ？　と意識が自分のショーツに向けられた。

――飾り気のない黒のシームレス……！

色気がない、機能性重視のもの。アウターに響かないものばかりを選んで身に着けてきたため、いわゆる勝負パンツというものは持っていなかった。

男性は女性の下着が上下揃っていないと幻滅するのだろうか。だが元々ライナスを口説きたいという気持ちがあったわけではなく、彼の方から求めているのだから、沙羅がなにを身に着けていても気にしないだろう。

ライナスは最後の砦に触れようとしたところで、沙羅に意味深な笑みを向けた。

「私に脱がされたい？　それとも自分から脱ぐ？」

「え」

「沙羅の希望を聞きたい。どっちがいい？」

ここに来てそんな質問をしてくるなど、意地悪すぎるのではないか。

――私の反応を見て楽しんでる気がする……実はSっ気がある？　自分からパンツを脱ぐなんて、やる気満々に思われるじゃない……！

それとも、言葉にすることで、沙羅の合意を求めているのだろうか。沙羅にも抱かれる意志がきちんとあるのだと確認したいのかもしれない。

「ずるい……」

両手で自分の顔を覆い、指の隙間からライナスを見つめる。これ以上赤くなった顔を見られたくなくて、沙羅は羞恥で震えそうになる声を絞り出した。

「……脱がせて」

小さな声は問題なく彼に届いたらしい。

ライナスは肩にかけていた沙羅の片脚をベッドに下ろし、ショーツに指を引っかける。

「喜んで、マイプリンセス」

男性に、下着を脱がしてほしいなどとお願いする日が来るとは思わなかった。

ライナスが上体を倒して近づいてくる。

彼のフレグランスが濃くなった。その香りを感じながら、ライナスの手がするすると薄い布を下ろしていく。

蜜を含んだそれは、きっと重くなっていることだろう。濡れた蜜口が空気に触れてひんやりした。詰めていた息をそっと吐き出す。

「沙羅、手を外して」

ライナスに命じられて、顔を覆っていた手を外した。彼の手には、自分が履いていた黒い布が握りしめられている。自分が一日履いていた下着が握られている事実に眩暈《めまい》がしそうだ。

「そ、そんなに触らないで、早く捨てて……」

「捨てる？　そんなことはできない。君が気持ちよくなった証がほら、たっぷりしみ込んでいる。これは私が後で丁寧に洗ってあげるね」

「洗う!?　手洗い!?　絶対嫌っ！」

経験が乏《とぼ》しすぎてわからないが、男性が女性の下着を手洗いするというのは一般的ではない気がする。少なくとも沙羅は断固拒否したい。

ライナスは「残念」と呟き、濡れたショーツを床に落とした。変態的な性癖があったわけではないと思いたい。

「沙羅が嫌がることはしないって約束したから、我慢しよう」

一糸纏わぬ沙羅の上にライナスが覆いかぶさってくる。両膝を立てさせられて、グイッと左右に開かされた。

「きゃあッ！」

「君が気持ちいいことをしよう」

太ももの内側に顔を寄せられる。

敏感な皮膚にキスをされ、そのままきつく吸い付かれた。

「ぁあ……っ」

こぷん、と蜜が溢れた気配がした。

自分の愛液がライナスから与えられる刺激によって、どんどん分泌されていく。

太ももの内側の皮膚を舐められて、彼の頭が沙羅の秘められた場所に近づいてきた。ざらりとした舌の感触まで生々しく感じられる。

「ふ……っ、んぁ……っ」

「肉感的な太ももはずっと触っていたくなる。君に膝枕をされたら、とても幸せな夢を視られそうだ」

——そんなところで喋らないでほしい……。

声の振動も刺激となって沙羅を追い詰めていく。触れなくてもわかるほど、蜜が滴り落ちているのを感じていた。

間近で眺めているライナスにも沙羅の状況が伝わっているだろう。

柔らかな皮膚を楽しんでいた彼が、愛液の滴る場所に顔を埋めた。

「あぁッ……！」

ビクン！　と腰が跳ねた。ライナスは沙羅の秘所をひと舐めし、あまつさえ零れ落ちる愛液をズズッと啜《すす》る。

自分の零した蜜を舐められて啜られるなんて、信じられないことだった。沙羅にはライナスのダークブラウンの髪しか見えないが、なにをしているかは伝わってくる。

生温かい舌が入口を突く。そんな刺激だけで、素直な身体はさらに蜜を零してしまう。

「舐めないで、見ないで、ライ……恥ずかし……っ」

逃げたいのに、ライナスに太ももを押さえられているため逃げることができない。僅かに腰を揺らしたが、それではまるでもっととねだっているようだ。

「可愛い……とても綺麗だ。沙羅はどこも綺麗な色をしている」

目がおかしいのでは？　と反論したくても、口を開けば嬌声が漏れそうだ。それよりライナスに敏感なところで喋られる方が困る。

「ん……ンンッ」

蜜口を舌先で突かれ、侵入を試みられる。だが固く閉じた蕾《つぼみ》はまだ開きそうにない。

ライナスの鼻先が沙羅の控えめに膨れた花芽を掠った。その瞬間、感じたこともない快感が駆け巡る。

「ア……ッ！」

くちゅくちゅと秘所を舐めながら、ライナスの指が花芽を刺激した。先ほどよりも強い快感を覚えて、目の前がチカチカする。

「ダメ……、ライ――ッ」

腰が跳ねて、つま先がシーツを蹴った。口が勝手にはくはくと開き、四肢が弛緩《しかん》する。こぽり、と愛液がさらに分泌されたのが伝わってきた。

ライナスが沙羅の秘所から顔を上げる。彼は、沙羅の達した姿を恍惚《こうこつ》とした表情で眺めていた。

「君に名前を呼ばれながら達する瞬間を見ることができるなんて……これほど胸が満たされるとは思わなかった。沙羅、もっと呼んで。もっと私を求めてほしい。君が望むものはすべて私が与えるから……」

ぼんやりとした思考の中、ライナスの言葉が遅れて脳に届く。

まるで、愛する人に愛を懇願しているような声音だ。だがどこか切なさも混じっているように感じられる。

――なんでだろう……。どうしてそこまで？

荒い呼吸を繰り返しながらライナスの言葉の意味を考えるが、答えは見つからない。

重怠い四肢は力なくシーツの上に投げ出されたままだ。

散々舐められて程よく力が抜けた蜜口に、ライナスが指を一本挿入する。彼の節くれだった指は太くて長い。一本だけでも存在感があり、沙羅の口からか細い声が漏れた。

「あ……っ」

「痛い？」

異物感はあるが痛みはない。

沙羅は首を左右に振ることで彼の問いに答えた。

「よかった。少しずつ慣れていこう」

挿入された指がゆっくりと中で動かされる。膣壁を擦られると、今まで感じたことのない快感がせり上がってきた。

「あ、あぁ……」

「沙羅の中、すごく熱い。指もおいしそうに食べられている。こうして引き抜こうとするのを引き留めているかのように……」

確かに、中が収縮して、ライナスの指を締め付けていた。だが沙羅が意図的にしているわけではない。きっと生理現象だ。

ライナスは丹念に沙羅の中をほぐしていく。彼の額に浮かんだ汗を見て、彼がなにかしら我慢しているのだと気づいた。

――あんなに苦しそうなのに……私が痛がらないように、怖がらないようにしてくれている……。

ライナスはまだスラックスを脱いでいない。彼の股間は窮屈そうに盛り上がっていたが、その苦しさを沙羅に気づかせようとはしなかった。

ぐちゅぐちゅと中を弄られながら、沙羅は喘《あえ》ぎ声を堪えてライナスに声をかける。

「ライ……、大丈夫？」

「……っ！」

次の瞬間、ライナスは指を引き抜き沙羅を強く抱きしめていた。

全身で感じる突然の肌の温もりと重さに戸惑う。

一体どうしたのだろう？　と首を傾げる間もなく、ライナスに唇を塞がれた。

「ふ……ンッ」

先ほどまでの余裕がまったく感じられない荒々しさだ。キスはすぐに深いものになり、食べられてしまいそうな錯覚を覚える。

沙羅はライナスの背中に腕を回した。彼は沙羅に体重をかけまいとしているのか、覆いかぶさっていても重さはあまり感じない。そんな気遣いにも、彼の優しさが感じられた。

——背中、広い……。それに熱い……。

しっとりと汗ばんだ背中に触れると、鍛えられていることがわかる。触れている箇所から彼の鼓動が伝わってきた。

ゆっくりと唇の繋がりが解かれる。

間近でこちらを見つめてくるライナスの顔は今にも泣きだしそうだった。何故だか沙羅の胸が締め付けられる。

自然と彼の頬に手を添えて、目を見つめて名前を呼んだ。

「ライ……」

互いの吐息が触れ合う距離で、ライナスも沙羅の頬に触れてくる。そのままコツン、と額を合わせた。

「好きだよ、沙羅。君は、私にとって世界で一番大切な女の子なんだ……どうか私を少しでも好きになってほしい」

どうしてだろうという疑問は解決していない。

だが、ライナスの言葉からは、切実さと真剣さが伝わってきて、とても嘘だとは思えなかった。

ライナスのことを信じたい。けれど、彼を受け入れるにはまだ早いと、臆病な心が訴えてくる。

「嫌いじゃないよ……」

そう答えるだけでまだ精一杯だった。

◆◆◆

気絶するように沙羅は眠りに落ちてしまった。

ライナスは彼女の寝顔をじっくり見つめる。

夢にまで見た光景だ。人が一番無防備になる姿を見せてくれるのは、信頼の証に思えた。

そっと沙羅の頬を撫でて、何度も口づけた唇を指でなぞる。少しぽってりしているのは、散々舐めて吸ってしまったからだろう。

「はぁ……なんて可愛いんだ……」

安らかな寝顔は、ライナスの『コレクション』にも入っていない。彼が集めたデータの中に、寝顔までは当然なかった。

赤く腫れた唇を見つめるだけで、また吸い付きたくなってしまう。沙羅の引力に抗うことは難しく、そっと触れるだけのキスを落とした。

が、触れたらさらなる欲が湧き上がる。唇の割れ目にそっと舌をねじ込めば、抵抗なく沙羅の口内を暴くことができた。先ほどまでの熱が冷めていないようだ。舌先で触れる粘膜が熱く、唾液も蜜のように感じられる。

ゆっくり何度も味わい、名残惜しく思いながらも繋がりを解いた。彼女の唇は先ほどよりももっと赤く熟れていて艶めかしい。

視線を逸らし、沙羅の首からデコルテ、ふっくらした胸を凝視する。胸の先端はぷっくりしたままで、何度も舐めて吸い付いた感触が蘇った。

「沙羅は吸われるのも甘噛みされるのも好きだったね。とてもよく感じていた」

強すぎる刺激は起こしてしまうかもしれない。せっかく気持ちよく眠っているのに、彼女の安眠を妨げたくはない。

起こさない程度に、ライナスは沙羅の身体に触れていく。柔らかな肌は汗に濡れ、しっとりとした感触が残っている。彼女のかぐわしい芳香が漂ってきそうだ。

なだらかな腹部に触れた後、指先は沙羅の下腹に到着した。

程よく肉がついた柔らかい感触がとても気持ちいい。

「沙羅……君のこんな姿を見られるのも、触れられるのも私だけだと信じてる」

プロを使って調べさせた報告書によれば、彼女の交際経験はないに等しい。おままごとのような付き合いはあっても、身体を許すような仲ではなかった。沙羅の傍にいた鷹尾がなにかと邪魔をしていたようだった。

彼女の初めての男になりたい、いや、最初で最後の男になりたい、と何度考えただろう。けれどそんな未来は訪れない。数か月前まではそう思っていたのに、自分はとても運がいい。いくつもの奇跡が重なり、沙羅は無垢《むく》な存在のまま幸せになりたいと願った。ならば、その幸せを与えるのは、この世界で一番彼女を愛する男として当然のこと。

今までは自分がいない方が沙羅のためになると思っていたけれど、彼女がまだ幸せでないと知り、それなら自分が幸せにしたいと思ったのだ。

愛しい女性が今、飢えた狼の前に裸体を晒《さら》している。

ライナスはこくりと唾を飲み込み、熱い息を吐き出した。沙羅の痴態を見たときから己も限界を迎えている。

処女にはえぐいだろうそれを、彼女は直視していない。沙羅が受け入れるには少々大きすぎるだろうから、時間をかけて丁寧にほぐし、痛みを与えないようにしなくてはいけない。

まだ指を一本しか受け入れられなかった。せめて三本まですんなり入るようになれば、なんとかライナスの楔《くさび》を呑み込めるかもしれない。

――君を怖がらせたくない。でも、いつかは私のも触ってほしい……。

スラックスのファスナーを開けて、先走りで濡れた熱い欲望を取り出した。パンパンに膨れたそれは、今にも爆発してしまいそうだ。

沙羅がライナスに大丈夫？　と訊いたときからずっと。

「ああ、沙羅……！　また君からあの言葉をもらえる日が来るなんて……」

沙羅の両脚を抱え、むっちりした太ももの間に赤黒い雄を差し込む。

意識がない間に純潔を奪おうなんて思わない。それは沙羅にも覚えていてもらわないと意味がないからだ。

性器同士を擦り合わせるだけでもすぐに達してしまいそうなほど気持ちいい。

ライナスは沙羅の膝をくっつけて、自分の男性器を太ももの間に挟み、行き来させる。次第に沙羅の蜜壺から卑猥《ひわい》な水音が響いてきて、ライナスをさらに興奮させた。

「……はぁ……あぁっ！」

沙羅の腹部と胸元に白濁した精液が飛び散った。

まっさらな雪原を穢《けが》してしまったような背徳感がこみ上げる。なんてことを、と思う反面、もっとと願う自分もいた。

美しい存在を穢したい。自分でいっぱいにして、思考も心も身体も、すべてを満たしたくなる。

ライナスの瞳が欲望に染まる。沙羅の胸に飛び散った白濁を指先ですくい、それを胸の赤い蕾に塗り込んだ。赤を白に染めるように。自分の色に染まるように。

腹部にも白濁を広げていく。

なにかに取り憑かれたかのように己で放った欲望を沙羅に塗り込んでから、はっと我に返った。

――しまった、暴走した……。綺麗にしないと。

幸い沙羅が起きる気配はない。

ライナスは全裸のまま沙羅に案内された浴室へ向かい、棚に重ねて置かれていたタオルを一枚拝借《はいしゃく》した。

水では冷たいため、湯で濡らす。固く絞り、沙羅のもとへ戻ってから腹部や胸元を清めた。途中で一度タオルを洗い、ふたたび沙羅の身体を清めていく。蜜でどろどろになった秘所もそっと拭った。

――本当は私がすべて舐めとってあげたいが……。

そうすると、今度はもう我慢できなくなるだろう。

一通り作業が終わり、ライナスも寝る支度を終えた。ふと、沙羅の寝顔を記録したい衝動に駆られる。

会社用のスマホと、プライベートのスマホの二台の中から、もちろんプライベートのスマホを選んだ。数種類の生体認証で厳重にロックをかけているスマホは、液晶画面が壊れたため新しいものと交換している。無事にすべてのデータを移行できているので中身に問題はない。

スマホの中身は、沙羅に見られたら引かれてしまうだろうから、決して見せることはない。

そっとカメラを近づけ、沙羅の寝顔を連写した。

カメラアプリを使わない限り、日本で販売されているスマホカメラはシャッター音がデフォルト設定されているが、ライナスのものはわざわざ国から取り寄せたものだ。カメラアプリを使わなくても、シャッター音が出ることはない。

写真のライブラリーに沙羅の寝顔を追加し、恍惚《こうこつ》とした表情を浮かべる。

きっと沙羅はまだ自分に落ちていない。それがわかっていても、ここまで親密になれて夢のように幸せだった。

――あと少し……。早く私に落ちて。

二人でツーショットも撮りたい。ライナスのコレクションには、カメラ目線で写る沙羅が一人もいないから。

部屋の電気を消そうとし、カーペットの上に置かれたままの沙羅のスマホに視線が吸い寄せられる。

彼女のフォルダにはなにが収まっているのだろう。

それを楽しそうに見せてくれるようになったら、ライナスへの信頼度はさらに上がったことになる。

パチン、と電気を消し、ライナスは沙羅の隣に身体を横たわらせた。裸の素肌を抱きしめて、本物の恋人同士のように温もりを分かち合う。

「おやすみ、沙羅……これからはずっと一緒だ」

第五章

カーテンの隙間から朝日が差し込み、沙羅の意識はゆっくりと浮上した。沙羅の部屋はマンションの六階にあり、近くに遮る建物もないため、雲のない朝はよく日差しが入るのだ。

まだぼんやりとする頭を動かし、部屋を確認する。

――あれ、水音……？

浴室からシャワーの音が聞こえてきた。どういう状況だっけ？　と必死に頭を働かそうとするが、うまく思い出せない。

――なんか、めちゃくちゃエッチな夢を視た気がする……まさか私の願望？

そんなに欲求不満だったのだろうか……と頭を抱えていると、浴室の水音が止まった。

ほどなくして廊下から誰かの足音が聞こえてきた。

扉を開いて現れたのは、腰にタオルを一枚巻いただけのライナスだった。

「起きたのか、おはよう沙羅。勝手にシャワーとタオルを借りてしまったよ。すまない」

「い、いいえ、どうぞご自由に……って、あれ？　どういう状況？」

「覚えてないの？　それに大胆だね。とてもセクシーで私は嬉しいけど」

「え？」

からかうようでいてどことなく熱っぽいライナスの視線が沙羅の身体に注がれる。

ベッドからただ起き上がっただけの沙羅は、なにも身に着けていなかった。

「きゃあっ！」

思わず布団にくるまって身体を隠す。

ライナスはくすくすと笑いながら、タオル一枚の姿で近づいてきた。

「もう全部見たのに。まだ恥ずかしいの？」

こんもりした布団の山に向かって、ライナスが囁きかけてくる。その瞬間、昨夜の記憶が怒濤の如く蘇ってきた。

「あ、あぁ……っ！」

「思い出したようだね。忘れられていたらどうしようかと思ったけど。まあ、そのときは、昨日のことを再現して思い出させてあげたらいいのか」

「再現!?　無理、心臓もたないから……！」

顔だけ出して、ベッドに腰かけるライナスに訴えた。だが、彼の肌を目の当たりにして、すぐにまた顔を引っ込める。

「亀みたいだね」

自分でもそう思ったし、いい年をして恥ずかしいと思ったが、そんなことより化粧を落としていないどろどろの顔を見られたことが最悪だ。

——化粧を落とさずに寝ちゃうなんてアラサーの肌になんて負担を……いやいやそれよりも、え？　昨日どこまでしたの？　最後までした？

身体の奥に異物感などはない。他に異変もない気がするが、もしかしたらライナスが痛みを与えないよう丹念に愛撫してくれたからかもしれない。

経験値がなさすぎて、自分の身体が今どういう状況なのかも判断できないでいた。

しかしこのままうやむやにはできない。沙羅は覚悟をして、近くに座るライナスに問いかける。

「私……昨日どこまで……」

「さあ、どこまでだと思う？」

「っ！　その、質問を質問で返すのは良くないと思うの。したの？　してないの？　どっち！」

布団の中から問い詰めると、ライナスは小さく息を吐いた。

「最後まではしてないよ。沙羅が寝てしまったから。さすがに私も、寝ている女性に手は出さない」

「……寝落ち？」

そうだと言われてほっとした。

なんだ、寝てしまったのか。でもかなり危なかった記憶がある。

――いやいや、危なかったというか流されてたんだけど。それに嫌じゃなかったし。

ライナスにとっては災難だろう。本懐を遂げられなくて、生殺し状態だったのだから。

だが、寝ている女性には手を出さないというのが紳士的な彼らしい。その誠実さを好ましく感じた。

「ご、ごめんね……？」

とりあえず謝っておこうと思い一言告げると、ライナスは珍しく呆れたような溜息を吐いた。

「目の前にご馳走があるのに手を出せないって、想像以上に残酷な状況だった。おかげで私は寝不足だよ」

「申し訳ない……です」

おずおずと、布団にくるまったまま身体を起こす。

朝日を浴びるライナスは美しかった。裸体を惜しみなく晒しているため、いつも以上に光って見える。

「まあ、気にしなくていい。私も昨日は最後まで抱くつもりはなかった」

「え？」

「まだ準備が整っていないと思ったから。まずは私に触れられることに慣れてほしいし、君をたっぷり気持ちよくさせたい。私は沙羅に、痛みよりも快楽を与えたいから」

「……っ！　さ、さようで……」

朝からなんという話をしているのだろう。じわじわと沙羅の顔に熱が集まってくる。

――準備が整ってないって、あれだよね。私が初めてだからってことだよね……。処女を抱くには段階が必要なのか……でも体格差もあるし、いきなり受け入れるのは厳しいと思ったのかも……どっちもか。

と考えたところで、はっとした。これではまるで自分もライナスを受け入れることを前提で考えているようではないか。

そうなってもよかったと思う気持ちと、いやダメでしょう、と思う気持ちが半々だ。理性は後者だが、本能は前者を望んでいる。

「あの、その辺に昨日私が脱いだカーディガンとショートパンツない？　裸で浴室まで行くのは恥ずかしい……」

「私が抱いて運んであげようか」

「絶対嫌！」

隙あらば触れてこようとする提案には断固拒否すると、ライナスが近くに畳んであった沙羅のカーディガンとショートパンツを手渡した。

「お風呂溜めてこようか？」

「ううん、シャワー浴びるから大丈夫。あ、ライはなにかいる？　先にコーヒーでも飲んでる？　キッチン好きに使っていいから。でもちゃんと着替えないと風邪ひくからね。すぐ出てくるから、テレビでも見て待ってて」

手渡された服をささっと身につける。今何時だろう？　とスマホを探すが、昨晩どこに置いたか覚えていない。

——ソファにもカーペットにもないな……キッチンかも？　あ、よかった、あった。

キッチンに置かれていたスマホを手にし、沙羅は浴室に駆け込んだ。

洗面所の鏡に映る自分の顔を直視するのはなかなかキツイ。

「……うわ、ひどい顔！　よく笑われなかったな……」

お気に入りのクレンジングオイルをたっぷり三プッシュ使おう。いつもはケチって二プッシュにしているが、滲んだマスカラやアイライナーが目の下に色素沈着して、今日を嫌な思い出にしたくない。

ぬるめのシャワーを頭から浴びる。寝起きの頭がすっきりし、思考が働くようになってきた。

——えーと、これがよく聞くワンナイトの翌朝ってやつ？　ドラマの中だけかと思ってた。

最後までしていなくても、予定外のお泊まりに違いない。まあ、泊めたのは沙羅の方だが。

昨夜の出来事が蘇る。シャワーの温度はぬるいはずなのに、沙羅の顔は赤く染まっていた。

——なんてこと……確実に酔った勢いで流されたいって思ってた。ドキドキが限界突破してた！　ライのキスも気持ちよかったし、やっぱり嫌悪感もなかったし。

自分が嫌いな人と二度もキスができるとは到底思えない。つまり、キスを受け入れている時点で、沙羅はライナスのことを受け入れているということ。

——でも、この期に及んで往生際悪く恋愛感情が芽生えているかどうかわからないって、どうなってるの……これは私が拗《こじ》らせているのかな。

あと一歩、なにかがあれば踏み出せるのかもしれないが、まだ慎重になっている自分がいる。ライナスのことは一応信用しているが、完全になにもかもゆだねられるほど互いを知っているわけではない。

もっと時間をかけるべきなのではないか。この人で絶対大丈夫！　と揺るぎない気持ちを持てたときに、彼の気持ちに応えるべきなのでは。

「……私の幸せは……」

今まで沙羅が考えていた幸せは、要約すると自由に生きることだ。親元を離れ経済的に自立すること。自分の意思ですべて選択ができること。欲しいものも食べたいものも、自分で稼いだお金で手に入れることに意味がある。誰からも干渉されない充実した生活は、沙羅の幸せの根底にあるものだ。

けれど、一度ライナスの甘やかな温もりを知ってしまうと、あの手に甘やかされたいと思ってしまう。自分の中に、満たされない心があることに気づいてしまった。

一人で自由に生きることも幸せだが、家庭を持てば今とは違う幸せを得られるとも思う。

ふとした瞬間に感じる寂しさは、気づかないふりをしてきただけで確実に存在していたのだ。

――そうだ。一人暮らしを始めた頃は、誰もいない部屋に帰宅するのを寂しく感じていたっけ。そんな寂しさなんてもう慣れて消えたと思っていたけど、気づかないふりをしていただけかもしれない。

そんな心の隙間を埋めてくれて寄り添ってくれる相手がいることは、沙羅が今まで気づかなかった安心感を与えてくれる。

なにか起こっても一人じゃないという安心感。楽しいことも一緒に分かち合えたら、きっと嬉しさが二倍になる。嬉しさは喜びに繋がり、それは幸せと呼べるのではないか。

そんな風に分かち合える相手がライナスだったらどうだろう。

――多分、心の天秤はライに傾いている。すごくぐらついてる自覚もある。

だが、自分の部屋にライナスがいることには違和感しかない。そもそも、一人暮らしが長すぎて、人と一緒に暮らせるのかも自信がない。

――はあ、結局思考がループだわ……。ライのことは、アリ寄りのナシなのか、ナシ寄りのアリなのか……。恋に近い特別な感情を抱いていることは確かなんだけど、難しい……。

あれこれ考えつつも手早くシャワーを浴びて、バスタオルで身を包む。化粧水と乳液を塗った後、着替えを持ってきていないことに気づいた。

「……しまった。しかもすっぴん……！」

髪の毛をドライヤーで乾かして、バスタオルを身体に巻き付けたままそろりと寝室に向かう。テレビの音が聞こえてくるところからすると、彼は朝のニュースでも見ているらしい。

ドアを開けて、ライナスがソファに座っていることを確認した。

彼が自分の部屋にいることはやっぱり違和感だらけで、なんでここにいるんだろうと思えてくる。ライナスの隣は心地いいが、自分がそこにいてもいいのだろうか？　という気持ちが溢れてきた。しっくりこない、という表現がぴったりかもしれない。

このまま彼に気づかれないように着替えを取るのは不可能なので、ちゃんと声をかけることにする。

「ライ、ごめん。着替えを忘れちゃって……」

ちょっと目を瞑っててほしいという気持ちを込めて声をかけた。

バスタオル一枚の姿で現れると、彼は目を丸くした。すぐにソファから立ち上がる。

――いや、なんで立ち上がった？

「沙羅待って、足元……」

「え？」

彼の声を聞いたと同時に足を一歩前に踏み出し、扉の横に置いてあった掃除機のコードを踏みつけてしまう。バランスを崩して身体が倒れそうになった。

「わ……っ！」

両腕でバスタオルが落ちないようホールドしているため、うまくバランスが取れない。とっさになにかに摑まろうとしたが空ぶりしてしまう。

しかしよろけた身体はすぐにライナスに抱き留められた。転ばずに済んでホッとする。

「ご、ごめん、ありがとう……」

「……気を付けて。それにそんな無防備な姿で現れたら、襲い掛からない自信がない」

「えっ」

「このタオルの下になにも着ていないのか確かめたくなる」

耳元で低く囁かれた。

朝だというのになんとも言えない淫靡な空気が漂いだし、沙羅の頭を真っ白にさせる。

「素顔は少し幼く見えるね。いつものメイクも似合っているけれど、本当に無防備で隙だらけで……可愛くてたまらない」

「わ……わぁあ！」

ライナスに腰を押し付けられた。硬い膨らみに気づき、羞恥で真っ赤になる。

「ら、ライ……！」

「ねえ、沙羅。昨日の続きをしようか？」

ライナスが沙羅をギュッと抱きしめる。背中に回った手が不埒に動き、沙羅の背筋を撫でた。背骨に沿って手が動かされ、指がバスタオルを引っかける。

朝から心臓に悪い色香にあてられて、沙羅の足元がふらついた。フェロモンを吸い込んでしまい、頭が上《のぼ》せそうな感覚だ。

バスタオルの結び目が解けたのにも気づかず、背中が空気に触れてひやりとした。

「……ッ!?」

彼と密着しているため、かろうじてバスタオルは落ちていない。だが、前面しか隠せていない状況に悲鳴を上げた。

「っ、ライ！　タオルが……」

「うん、そうだね。沙羅の可愛いお尻も丸見えだ」

「お、お尻……!?」

身長差があるため沙羅の額はライナスの肩までしか届かないが、どうやら彼の方は沙羅の背中からお尻までを眺められるらしい。

沙羅はライナスにすっぽり抱きしめられていてなにも見えないというのに、まさか彼には背中が丸見えだと思わなかった。

――え、え！　待って、今離れたらタオル落ちちゃうんじゃ……でも脇を締めたらなんとか……いや、無理！

まるでお風呂に上せたように頭に熱が上《のぼ》り、どうやったらこの状況から抜け出せるのかもわからない。

身じろぎしたら彼の熱い滾《たぎ》りをもっと生々しく感じそうで、沙羅は涙目になりそうだった。

そんな彼女の焦りすら楽しむように、ライナスが沙羅の臀部に触れる。まるみを確かめるようにすっと撫でて、ものの付け根から柔らかな双丘をすくい上げられた。感触を楽しんでいるように感じる。

「ひゃあ……っ」

「可愛い。沙羅の肌はどこも触り心地がいい。手に吸い付いて放しがたい。とても気持ちいい」

「……！　エ、エロ親父……」

苦し紛れの罵倒をしたが、ライナスは頭上でくすくすと笑っている。女性からそんな風に言われたことなど初めてだと言うように。

「好きな女性が魅惑的な恰好で現れてくれたのに、触れない方がマナー違反だ」

「そ、それは恋人とか奥さんの場合でしょ……」

「沙羅はそのふたつになってくれないの？　前にも言ったけど、私は沙羅が望むならいつでも結婚したいと思っているよ」

「……っ！」

この状況でそんなことを言われるなど考えてもいなかった。

以前はその申し出を断った。そのときの彼の言い方は、沙羅の幸せが結婚なら自分が世界一幸せな花嫁にするというものだったから。だが、沙羅の幸せは結婚だけにあるとは思っていないし、幸せは誰かに与えられるものではないと今も思っている。

ライナスはさらりと、沙羅がもし結婚を望んでいるのならいつでもしようと言ってくるが、順序がおかしい。恋人として過ごしてからならまだ考えられるが、それをすっ飛ばしている。

「私は……まだ……」

「ごめん、待つよ。沙羅の気持ちが私に向くまで。でも私はあまり気が長くないから、早く私に落ちてね」

ライナスの穏やかな声が落ちてくる。

最後まではしていないが、キスをして肌を重ねているのにまだ彼が好きだと認められない。頑《かたく》なな心が完全に落ちることを拒絶していた。

触れられて嫌悪感がなく、一緒にいるのが心地いいと感じているのに。沙羅の心の奥底で、まだダメだとなにかがブレーキをかけている。

なにも考えずに頷けたら楽なのに。何故それができないのだろう。

――他に好きな人がいるわけでもないのにな……。やっぱり完全にはライを信用できていないからかな……。

ふいに身体が寒さを覚えた。ふるりと震えると、沙羅の様子に気づいたライナスが抱き

しめていた腕を解く。

「ごめん、このままじゃ風邪をひいてしまう。私は廊下で待ってるから、ゆっくり着替えて」

そう言ってライナスは扉の外に出て行った。

タオルが落ちる前に身体を隠すことができて少しホッとする。閉じられた扉を見つめ、すぐさまクローゼットを開けた。

下着を身に着け、部屋着でもおかしくないロング丈のフード付きワンピースを頭からかぶる。

メイクボックスを開けて、SPFの高いオールインワンのクッションファンデを手早く顔に塗り、ブラウンのアイシャドウとアイライン、マスカラをサッと付けた。眉毛も描くと、ようやく休日の顔が出来上がる。

いつもはチークも入れて、きちんとビューラーで睫毛《まつげ》も上げるが、休日まで手の込んだメイクはしていられない。十分で完成させて、メイクボックスを片付けた。

開けっぱなしのクローゼットを閉じながら、廊下で待っているライナスのことを考える。

彼の欲望は大丈夫なのだろうか。

――って、本人には訊けないけど。昨日もどうやって処理したの？　とか、それそのままでいいの？　だなんて……処女の自分が口に出すにはハードルが高い……。

気づかないままスルーするべきだろう。こちらからライナスの生理現象に口を出して、ふたたびとんでもない展開になったら心臓がもたない。

まずは朝ごはんだ。ライナスはお腹が減っているだろうか。

換気のため窓を開けてから、扉を開いてライナスに声をかける。

「ライ、お待たせ。廊下で待たせちゃってごめんね。お腹減ってる？　朝ごはんなにがいい？」

「早かったね。お腹は、言われてみれば空いてきたかな。なんでも食べられるけど、沙羅はなにがいい？」

時間を確認すると、午前九時を回ったところだった。昨日ライナスが買ってきてくれたものはほとんど残っていない。

——今からごはんを炊いてお味噌汁作る？　でも乾燥わかめしかないしな……卵もないから目玉焼きも作れない……。

だがこの時間なら、近所のベーカリーが開いている。たまに休日の朝、焼きたてのパンを買いに行くのだ。

「ライ、散歩がてら近くのベーカリーに行って朝ごはん買ってくるのはどうかな？」

「うん、いいね。一緒に行こう」

ライナスが嬉しそうに頷いた。ついでに近くのコンビニに寄ってもいいかもしれない。

「あ、歯ブラシとか用意してなかったよね。ごめん、気が利かなくて。なにか必要なものある？」

「問題ないよ、昼食用の歯ブラシを持ち歩いているから」

「そう、よかった」

鞄に入れているのだと聞いてほっとする。人を泊めることに慣れていないため、気が回っていなかった。

——ううむ……、昨日と同じシャツを着ているのに全然くたびれて見えない……。素材の良さなのかな。でもシャツとスラックスで歩かせていたら、泊まったのかなって思われそうだわ……。

考えすぎかもしれないが、休日の朝にそのような恰好で出歩いていたらどう思われるのだろう。休日出勤ならスーツのジャケットも羽織っているはずだが、そこまでさせたくはない。

——いや、なに着てても個人の自由だけど。そもそも、どんな服であってもライ自身が目立つからな……。

八頭身のモデル体型。そして顔も極上にかっこいい。髪色はダークブラウンのため目立ちにくいが、この体型だけで、後ろから見れば日本人離れしていることがわかる。

「なにか着替えを貸せたらいいんだけど、父親も泊めたことがないから男性用の服を持ってなくて。ごめんね」

「私は構わないよ。今日は暖かそうだし、このままでも寒くないと思う」

確かに、外は快晴だ。風もなさそうなので、穏やかな天気になるだろう。

近所に出かけるときに使う斜め掛けのバッグに財布とスマホを入れて、鍵を持つ。

スニーカーを履き、ライナスを連れてマンションを出た。

明日はもう十一月になるというのに風もなく過ごしやすい。

ライナスがさりげなく車道側を歩き、沙羅の手を握る。車から守ってくれていると思うと、治まっていた胸のドキドキが再発しそうだった。

「昨日も思ったけど、プライベートの姿も可愛いね。それにヒールを履いていないから、いつもより小さい。ちゃんと手を繋いでいよう。攫われないか不安になる」

「え、なに言ってるの。いい大人がそう簡単に攫われたりしないって。散歩をするのにヒールなんて履かないし、休日はこんな感じだよ。今日はワンピースだけど、スニーカーとジーンズが多いかも」

「それはいいね。いざというときに走れる靴が一番いい。昨日はタクシーで来てしまったからわからなかったけど、いいところだね。駅までも離れていなくて」

「うん、住みやすいよ。お店もたくさんあるし、コンビニやスーパーも近所にあって。駅の中には商業施設もあるから、買いたい物は一通り揃うし」

わざわざ電車に乗って別の街に行かなくても、必要なものはすべて近所で揃う。洋服も雑貨も本も、徒歩圏内で買えるのはとても楽だ。

「でも沙羅のマンション、オートロックだけどエントランスにセキュリティのカメラがなかったね。治安は比較的いいところだと思うけど、少し心配だ」

「そう？　近くに大通りもあるし交通量もあるから、なにかあっても人目につくよ。うちは六階だし、窓からの侵入もないと思う」

鍵もふたつついている。そうそう事件など起きないだろう。

――まあ、ライナスの立場じゃ心配になると思うけど。

海外の資産家の御曹司なら、これでもかというくらい強固なセキュリティが必要になりそうだ。今さらだが、沙羅の部屋に泊まったりしてよかったのだろうか。こんなに自由に過ごせる人ではないはずだ。

――そもそも、SPとかいなきゃまずい人だよね……。やっぱり陰から見守られていたりする？　今この瞬間も。

ちらりと周囲を窺うが、それらしき人たちは見当たらない。いたとしても、プロなのだから素人に気づかれるようなことはしないだろう。

「どうかした？」

「ううん、なんでもないよ。やっぱり治安はいい方だよねと思ってただけ」

「そうだね。でも油断は禁物だ。今度セルフディフェンス用のグッズをプレゼントしよう。身を守れるものは、いくつか持っておいた方がいい」

「ええ～大げさだな。でもありがとう、いつ変質者に狙われるかわからないものね。ないよりあった方が安心できるかも」

ライナスは、「大げさではないよ」と呟いたが、すぐに安心させるように微笑みかけた。

どことなく引っかかりを覚えたが、ベーカリーに到着したためすぐに思考を切り替える。

店内には沙羅たちの他に買い物客が数名いた。焼きたての札が立っているパンがいくつかあるのを確認し、トレイとトングを手に取る。

しかしライナスが横からひょいっとそれらを奪い取った。

「沙羅はどれが好きなの？　なんでも取ってあげる」

「え、うん。ありがとう……じゃあ、まずはカレーパンね。すごいおいしいからライも食べた方がいいよ。あとクロワッサンもオススメだけど、サンドイッチと迷うな……ほら、こっちにサンドイッチがあるの。バゲットもおいしそう」

「全部買おう」

「食べきれないよ」

孫かわいさになんでも買ってあげる祖父母みたいだな、と冷静に思っていたが、ふと他の客から視線が向けられていることに気づく。自分とライナスを見つめているのだ。

――そりゃそうだわ、目立つもの……しかも日本語すごく上手だし。

沙羅からトレイを奪ってなんでも好きなのを買ってあげるなどと言っているのを聞いたら、ほう……とつい見惚れてしまうのもわかる。沙羅が逆の立場でもきっとそうなるだろう。

「サラダもあるね。買っておこうか」

「っ！　うん、そうだね。あとは……明太子がのったバゲットもおいしいからこれスライスしてもらおう。定番のウインナーロールとかもいいよね。玉子サンドもかかせない……」

「どっちの？　マヨネーズで混ぜたのと、玉子焼きのサンドイッチがあるけど」

「迷う……ライはどっちが食べたい？」

「どっちもかな」

そう答えて、ライナスが玉子のサンドイッチをふたつ取った。それぞれ二切れずつあるので、二人で分けられるだろう。

チョコレートが入ったデニッシュやマフィンも選ぶと、なかなかの量になった。いたみやすい惣菜パンを先に食べて、他は明日でも大丈夫だろう。

ライナスがさっと会計を済ませる。ついでにテイクアウトのコーヒーまで購入していた。ひとつを沙羅に手渡してくれる。気が利きすぎていて恐ろしい。

「ありがとう……あ、お会計私も出すよ。いくらだった？」

「大丈夫、泊めてくれたお礼だと思って、たくさん食べて」

ふたたび誰かが漏らした感嘆の吐息が聞こえてきて、はっとした。店内の会話が他の客にも筒抜けになっている。

「じゃあ、遠慮なく……ありがとう」

そそくさと店を出る。一人でこの店に来るのはしばらくやめておこう。

ライナスが軽々とパンの入った袋を持っている。店で買ったコーヒーを口にする姿も様になっていた。

——あれ、ここってパリだったっけ？

そんな錯覚まで覚えてしまう。いやいやいや、と気を取り直して問いかける。

「他になにか買うものある？　コンビニも近くにあるけど」

「そうだね、少しコンビニに寄りたいかな」

ライナスのリクエストで近所のコンビニに寄って、マンションに戻る。彼がなにを買ったのかは部屋に入ってすぐにわかった。

「沙羅のキッチン、一個ライトが切れてたから」

買ってきたパンとコーヒーをソファ前のテーブルに置いていると、ライナスが脚立もなしに電球の交換を始めた。

「買い物ってそれだったの？　ありがとう！　電球切れてたのをずっと放置してたの忘れてたわ。もう二個あるからいいかなって」

ライナスは手早く交換を終えて、電気をつける。三個がすべてつくと、明るさが違った。

「明るい……！」

「そうだね。女性だと手が届かないから大変だろう。他にもなにか困ったことがあれば手伝うよ」

「本当に!?　ありがとう……！　えっと、じゃあソファの位置を変えたいんだけど、一緒に持ちあげてもらっていい？」

「もちろん」

ずっと模様替えをしたいと思っていたが、一人ではソファを移動できず諦めていたのだ。ライナスがいると五分もせずに、理想通りの配置に変わった。ついでにテレビ台も移動させた。

「ありがとう！　一人だと家具の移動ができなくて」

「よかった。いつでもヘルプしに来るよ。遠慮なく呼んでほしい」

ライナスに電球代を渡そうとするが、それも断られてしまう。パンも電球もコーヒーもすべてライナスのおごりだ。

「あ、コーヒー冷めちゃったかな。ごめんね、手洗って座ってて」

ライナスが洗面台に行っている間に、皿を取り出した。ついでにテレビもつけた。

キッチンがとても明るい。今まで二個の電球で慣れてしまっていたが、三個あるとその明るさにホッとした。

──自分じゃできないこととか、限界があることを手助けしてくれる人がいるのって、やっぱり安心感あるな……。くすぐったいけど、嬉しい。

誰にも頼りたくない、頼らないで生きることが自立だと思っていたが、そんな風に頑なにならなくてもいいのかもしれない。差し伸べてくれる手を素直に取って、補い合える関係というのも素敵な気がする。

心を軽くしてくれる人がいるのはありがたいことだ。一緒にいるなら、重荷を感じるより軽くしてくれる人がいい。

フォークをふたつ持って行き、ライナスと自分の皿に置いた。

「あ、まだカレーパンも温かいね。よかった」

「うん、おいしそうだ。いただきます」

手を合わせていただきますを言う姿は、すっかり日本に馴染んでいるように見える。沙羅も続いていただきますと言い、カリカリのカレーパンにかぶりついた。

スパイスの効いた本格的なカレーがとろりと出てくる。具材がしっかり入っていて食べ応えがある。

「どう？　おいしい？」

「とてもおいしい。スパイスがしっかりしているね」

「でしょ。元々このお店のオーナーさんってパン屋を始める前、カレー屋に勤めていたらしいよ。だからここのカレーパンもこだわっているんだって」

「すごいね。本格的なカレーも食べてみたくなるな」

他愛ない話をしながらパンを食べ、サラダやサンドイッチも平らげる。玉子サンドをひと切れずつ食べ終わると、満腹になった。

「お腹苦しい……ごちそうさま」

「まだ残ってるよ？　沙羅がおいしいって言ってた明太子のバゲットも」

「それは……また後で食べるよ」

冷めたコーヒーを飲みながら、ライナスを見つめる。彼の食事の所作は、こんな1Kのマンションでパンを食べているときだって上品だ。簡単には身に着かない育ちの良さが滲み出ている。

――やっぱりお坊ちゃんなんだな……優雅だわ。

住む世界が違う人と一緒の空間にいることが本当に不思議だ。今さらだが、ライナスと偶然知り合ったことも不思議に思える。

ふいに、テレビのニュースのアナウンサーの声が耳に届いた。今夜はハロウィンだと告げている。

「ああ、今日ってハロウィンだったっけ。渋谷には近寄らないでおこう」

「どうして？」

ライナスが首を傾げる。どう説明したらいいものか……と悩んでいると、テレビが去年のハロウィンの映像を流し始めた。

「あれだから」

大勢の若者が渋谷に集まり、交通整理がされている光景が映っていた。それを見て、ライナスも「すごいな……」と驚いている。

「日本人ってコスプレが好きなんだと思う。ライはいつもハロウィンってどうやって過ごしていたの？　なにか仮装した？」

「いや、子供のときならまだしも、大人になってからは仮装なんてしたことないな。たまにパーティーに呼ばれたことはあったが」

「仮装パーティー？」

「やりたい人はね」

苦笑している様子からライナスはしていないのだとわかったが、少しだけ残念に思う。

――ちょっと見てみたかったかも。ヴァンパイアはエロすぎるから、海賊なんてどうかな……あ、でも、フック船長しか思い浮かばないわ。

ライナスならなんでも着こなしてしまうだろうけれど、と思っていると、ニュースは世界のハロウィンの映像に移っていく。こちらも去年のものだろう。海外の子供たちが楽しそうに笑いながらお菓子をもらう光景に微笑ましくなった。

だが映像がメキシコの祭りに切り替わると、ライナスの表情が僅かに険しくなった。

――あれ？　気のせい？

メキシコの有名な祝祭、死者の日――ディア・デ・ムエルトス。ハロウィン翌日の十一月一日と二日に行われるこの祭りでは、子供の魂と大人の魂が帰ってくると言われている。死者と共に明るく楽しく祝う祭りとして、派手な装飾をした露店が並び、パレードまであるらしい。

映像に映る現地の人たちは、フェイスペイントをして賑やかに祝っていた。街全体がカラフルで、人々は奇抜な仮装をしていて楽しそうだ。……そう思うのに何故か音が遠く感じる。

テレビの中の映像まで遠ざかるような奇妙な感覚。

頭がチクチクと痛みだす。

針で刺されているような鬱陶しい痛みだ。

心臓の鼓動が速まる。自分でもわからない緊張感がせり上がってきた。

——急にどうしたんだろう……。なにかが引っかかって気持ち悪い……。

頭のどこかでモヤッとしているものが晴れてくれない。まるで忘れたことを思い出せそうで思い出せない、そんな気持ち悪さが残っている。

次第に視界がぐるぐると回っているような心地になってきた。

チクチクとした痛みがどんどん強く鈍い痛みに変わっていく。血の気が引いて、指の先まで冷たくなっていた。

「痛い……」

「沙羅？　……っ！　沙羅、大丈夫か」

ライナスの声が届く。いつになく焦りが混ざった声だ。手を握られ、身体が抱き寄せられる。

「落ち着いて、大丈夫だから。なにも怖いことなんてない。ゆっくり呼吸をするんだ」

「……ライ……？」

顔を上げて彼を見上げる。ライナスの目を見つめた直後、目尻からぽろりと雫が零れた。

頭が痛い。胸の奥が気持ち悪い。でもその気持ち悪さを吐き出すことができない。

「ライ……、ライ……」

彼の名前を繰り返し、ライナスに縋《すが》りついた。自分自身がどうなってしまったのか、何故頭が痛むのかがわからない。

だが、ライナスに抱きしめられて頭を撫でられると、少しだけ痛みが和らいでいく。

「沙羅、大丈夫だ。私が傍にいる。私がずっと君の傍にいて、怖いものから守るから……」

ライナスの声がじんわりと耳から脳に届いていく。

──温かい……。

ずっと傍にいてくれる。怖いものから守ってくれる。その言葉が沙羅に安心感を与えた。

でも一体自分がなにを怖がっているのかもわからない。この頭の痛みは、恐怖心から来ているのだろうか。それとも……。

目を閉じてライナスに抱きしめられたまま、沙羅の思考は次第に闇に落ちていった。

◆◆◆

「……沙羅？」

呼びかけても反応がない。沙羅の様子を注意深く確認すると、気絶しているように見えた。規則的な呼吸を繰り返し、脈も正常だ。

ライナスの鼓動が落ち着きを取り戻す。先ほどまでは心臓が嫌な音を立てて、自分でも驚くほど焦っていた。冷たい汗が背筋に流れるが、沙羅が眠ってしまったのを見てほっとする。

ゆっくりと彼女をソファに寝かせ、パニックの原因となったテレビを消した。

――なんてタイミングで流れるんだ。

メキシコのニュースなど、数秒しか流れていなかったのに、その間に沙羅の様子が変化した。恐らく彼女自身も気づいていない。

だが、頭の痛みを訴えていたことを考えると、自己防衛で封じ込めていた記憶が刺激された可能性が高い。

――私が隣にいたのも影響しているかもしれない。

眠る沙羅の顔を眺める。先ほどは血の気が引いていたが、このまま寝ていれば戻ってくるだろう。

沙羅の手に触れると、指先まで冷たくなっていた。このまま起きないのでは？　という悪い予感がして、とっさに頭を横に振る。彼女に自分の体温を移すようにぎゅっと手を握った。

――このまま一人にするのは心配だ。

沙羅の手が温まったのを確認し、ライナスは立ち上がった。スマホを操り、手早く車の手配をする。

これからおよそ二十分で沙羅のマンション前にライナスの車が到着する。その間に、手早く自分の荷物と彼女の必要そうなものをまとめることにした。

――衣類は勝手に持ち出さない方がいいな。私が購入したものを着せたらいい。他に必要なものは、先ほど使用していた沙羅のバッグと、あと通勤用のバッグも持って行くか。

その他、洗面所に置かれているスキンケアの化粧品と、沙羅のメイクボックスと思しきものを手に取り、目についた紙袋を拝借した。

テーブルの上に置かれたままのパンを見下ろす。沙羅が後で食べると言っていた。

――これも持って行くか。

手早くまとめて、袋に詰める。使用した皿はキッチンのシンクに持って行き、そのままにはしておけないのですべて洗っておいた。

それらが終わったのと同時に、ライナスのスマホに連絡が入る。

「到着したか……だがどうするべきか」

インターホンは鳴らしてほしくない。沙羅が起きるかもしれない。

しかし荷物がそれなりにあるため、ライナス一人では沙羅と荷物を一遍に運べない。一度は建物から出なくてはならないとなると、オートロックのためこの部屋の鍵が必要になる。

――玄関の鍵も閉めなくてはいけないし、沙羅のバッグから拝借するか。

先ほど使用していた斜め掛けのバッグに、玄関の鍵を入れていたのを覚えている。勝手に漁る真似はしたくないが、心の中で謝りながらキーケースを見つけた。

荷物を手に持ち、エレベーターで一階まで下りた。マンション前に停まっている車に運び入れ、運転手にふたたび戻ってくると告げる。

「手伝いは必要ですか」

「いや、いい。彼女の部屋に俺以外の男は入れたくないから」

運転手にこのまま待機を命じ、沙羅の部屋に戻る。ベストとネクタイ、ジャケットを身に着けて、沙羅の様子を窺った。先ほどより顔色は戻っている。

静かに眠る彼女をゆっくりと抱き上げて、足が壁にぶつからないよう注意をしながら車の後部座席に運んだ。玄関の扉まで閉められなかったので、ふたたび部屋に戻って戸締まりを確認後、施錠する。

計三回往復し、ライナスは車の助手席に座った。

「自宅まで運んで」

「御意《ぎょい》」

沙羅のマンションを後にする。

沙羅の部屋は彼女が好きなものに溢れていていてとても居心地がよかった。

――沙羅の匂いに包まれていて幸せだったが、しばらく適当な理由をつけて、沙羅は私の部屋にいさせたらいい。

セキュリティは一般的なマンションよりはしっかりしていると思うが、ライナスの恋人という立場であると考えると心もとない。もっと強固なセキュリティのマンションに住まわせた方が安心できる。

——これだけ一緒にいるのだから、周囲は沙羅を私の恋人だと思うはず。一人きりにさせて、いつ悪巧みをする輩が沙羅に接触するかわからない。

完全にライナスの所為《せい》だと言われたらその通りだが、そこは諦めてもらわなければいけない。ライナスが沙羅を諦めることはないのだから、沙羅はライナスに愛される女性として大切に扱われることに慣れてもらう必要がある。

ここまで性急に事を進めようとは思っていなかったが、沙羅に異変が起こったため致し方ない。

昔も今も、ライナスの願いは変わらない。

——沙羅が幸せに暮らせればいい。憂いのない喜びに満ちた世界の中で。

彼女はライナスの女神だから。唯一で一番の、大事な女の子。

今まで交際してきた女性たちは、ライナスの一番になれないと知ると自分のもとから去っていった。交際前から、自分の一番は決まっていると言っていたのだから、なにも不誠実なことはしていない。

恐らく交際相手たちは、最初は一番になれなくてもそのうち順位が変わると思っていたのだろう。そんなことは絶対にないと言っていたにもかかわらず、夢を見てしまったのだ。

——夢を見ることは勝手だが、私の一番が遠い国に住む少女だと知って怒り狂う女性ばかりだったな。なんとも身勝手だ。

もしもライナスの一番が仕事であれば、恐らく彼女たちは納得してライナスのもとに居続けただろう。いつか彼の妻になる夢を見たかもしれない。

そう思うと、早々にライナスのもとから去った女性たちは賢いと言える。彼の一番は変わらない。昔も今も、これからも。

――私の一番は沙羅だけだ。

沙羅が幸せならそれでいい。

もし彼女が彼女の友人たちのように恋人を作り結婚をしたなら、ライナスは沙羅の前に姿を現さず、今まで通り遠くから彼女の幸せを願い続けただろう。

だが、彼女は二十八になっても生涯の伴侶を得られず、友人の結婚式で幸せになりたいと言った。傍にいた男たちでは、彼女は幸せになれなかったのだと気づき、ライナスは自ら彼女の前に姿を現した。

それがいかに危険な行為だったか。鷹尾が怒りだすのも理解できる。

――それだけ私が本気だということだ。あの男もわかっただろうが。

鷹尾が沙羅を支え続け、彼女を幸せにできるのであればそれでも構わなかったが、彼女を利用し、甘えるような男には到底任せられない。

しかし、彼は沙羅の両親とも繋がりがある。もしもライナスのことを告げ口したら、少々厄介だという懸念はあった。だが彼はそれなりにプライドが高そうだから、わざわざ両親を巻き込むこともしないだろう。

車はライナスが住むマンションの地下に入っていく。駐車場に停車し、運転手が助手席のドアを開いた。

「私が荷物を運びましょう」

「ああ、頼む。玄関扉も開けてくれないか。私は彼女を運ぶから手が塞がってしまう」

「御意」

ライナスは、沙羅の荷物とパンなどを運転手に持たせると、後部座席で眠る沙羅の身体をゆっくり起こした。

沙羅の眠りは深いようで、少しの振動では起きなかった。今はその方が助かるが。

エレベーターに乗りしばらくして、マンションの最上階に到着した。

このフロアはライナスの部屋しかなく、エレベーターもライナスの鍵しか反応しないため他の住居者が訪ねてくることもない。

エレベーターを降りてすぐに玄関がある。運転手が玄関扉を開けて、持っていた荷物を通路に置いた。

「ありがとう。今日はもう外に出ることはないから、ゆっくりしてていいよ」

「そうですか。では、また必要があればお知らせください」

玄関扉が閉まり、エレベーターも下りていく。

ライナスは沙羅をどこに寝かせるか一瞬迷ったが、すぐに自身のベッドルームへ向かった。

広々とした寝室のベッドに小さい身体を横たわらせる。自分のテリトリーに彼女がいることが、ライナスの心を満たしていく。

「沙羅……」

名前を呼んでも目覚めない。

その眠りの深さが少々心配になりつつも、彼女の寝顔をじっくり堪能した。

大人になっても、沙羅には記憶の中の少女の面影が残っている。今まで写真だけで満足できていたはずが、実物を前にすると秘めていた欲求が止まらない。

沙羅の瞳に自分が映っている。それがどれほど特別で嬉しいことか、彼女は気づいていないだろう。

――この髪色も似合っているが、沙羅には黒髪がとてもよく似合っていた。神秘的で美しくて、黒い瞳も同色で黒曜石のように美しかった。アジア人らしい低い鼻、小さな口。このパーツのひとつひとつがどうしてこうも可愛らしいのだろう。

彼女の顔をじっくり眺め、その視線を耳に移す。

沙羅の耳たぶにそっと触れた。今はもう塞がっていて、目を凝らさないと見えないほど小さなピアスの穴があった。

ライナスの耳たぶがじくじくと痛みだす。彼の耳にもまた、とっくに塞がっているピアスの穴の痕がある。

思い出したくもない過去の象徴。心につけられた傷は、時間が経っても消えることはない。

「……調査報告書によると、沙羅はイヤリングをしないんだったか。耳は触れられるのも厭うとか」

記憶がなくても、恐怖の欠片が彼女の中に残っているのだろう。

だが、自分の身体に嫌いなパーツがあるのは辛いことだ。いつか彼女に似合うイヤリングをプレゼントしたい。嫌な記憶はそれを上回る喜びで上書きしたくなる。

過去の光景が蘇る。

ライナスの瞳が暗く陰り、どうしようもないやるせなさがこみ上げてきた。目の前が真っ赤に染まりそうなほどの憤りがフラッシュバックし、すぐに頭を振ってその感情を打ち消す。

目の前の少女は生きている。自分に微笑みかけてくれるし会話もできる。生《なま》の彼女との交流は、ずっとライナスが望んでいたもの。

沙羅を幸せにしたい。叶うことなら、自分と一緒に幸せになってほしい。

そのためならなんだってするし、彼女の願いならどんな手を使ってでも叶えよう。沙羅がいなければライナスは生きていない。昔からライナスの心には沙羅の存在が深く刻み込まれていた。

——あの日からずっと、私は沙羅しか欲しくない。

ライナスの大切な記憶を思い出してほしい。

だがそれは同時に、沙羅にとって辛い記憶を思い出すことになる。

「君の幸せを願うなら、辛い記憶など永遠に忘れていてほしいのに……。人の心は複雑だね……」

顔に触れたくなる手を意志の力で止めた。

目が覚めたら、沙羅はなにかを思い出しているだろうか。

いつか自分のことを思い出してくれたら……と願う反面、そうなってほしくない自分もいる。

相反する気持ちがせめぎ合う。自分の欲望よりも、彼女にとって最善になることを選びたい。

——だが本当に沙羅の幸せを願うなら、私は彼女の前に現れるべきではなかった。今まで通り遠くから彼女を見守って、時折身辺をチェックしてトラブルに巻き込まれていないか、幸せに過ごせているかを確認するだけで満足すべきだったのに……。

ライナスは首を左右に振った。一度沙羅の温もりに触れてしまったら、ふたたび彼女の前から姿を消すことなどできない。

「困った……。どうしたらいいんだろう。私は一体どうしたら、君を幸せにできるんだろう？」

いつになく弱々しい声が響く。

だがその質問に答える声はなかった。

◆◆◆

――臭い、暗い、怖い……。

耳たぶがじんじんと熱を持っている。針を刺された瞬間は、痛みでパニックになった。けれど大きな怒声を浴びせられたから、それからは喉が張り付いて悲鳴も上げられない。

倉庫のような室内には、屈強な男たちがいて外国語を話している。なにを喋っているのか理解できないが、きっとろくでもないことだろう。

子供には理解できないことが起こっている。これは悪いことだということだけはわかっていた。

葉巻を吸い、酒を呑んでカードゲームをしている男たちを見て、そっと視線を逸らす。煙草とは違う独特な臭いが鼻をダメにしそうだ。

泣いて騒いだら、あのテーブルの上にある拳銃で撃たれてしまうだろう。幼い子供ながらに、今はじっとするのが一番なのだと理解している。

――大丈夫、一人じゃない。

ずっと手を繋いでいる相手に視線を合わせる。茶色の髪と緑色の目をした、とても美しい男の子。

偶然にも彼は沙羅と同じ色のキャップを被っていた。今は床に転がっているが、彼もきっと両親に買ってもらったのだろう。

目から溢れそうな涙をぐっと堪えている男の子の手に力を込める。肩を寄せ合いながら、沙羅も泣くのを我慢して小さく囁いた。

『だいじょうぶ。ぜったい、だいじょうぶ』

女児向けのアニメで、大好きな主人公が呪文のように言っていた言葉を繰り返す。

半分は自分自身に言い聞かせていた。娘がいなくなったことに気づいた両親が、悪いやつらを捕まえるために警察に連絡しているはずだ。

必ず助けが来る。今は痛くて臭くて怖いけど、きっとすぐに大好きな両親が迎えに来てくれる。

『……ダイ、ジョブ？』

男の子に日本語は通じないようだが、意味は伝わったのだろう。沙羅は安心させるようにしっかり頷いた。

彼の片耳は血が滲んでいる。自分と同じく、耳がじくじくと痛むはずだ。

その耳には金属でできた四角いものがぶら下がっていた。薄い鉄板に、数字が刻まれている。

これが一体どういうものなのか、沙羅には理解できない。自分の耳にぶら下がるそれにどんな数字が刻まれているのかも。

何度も意識を失いかけ、そのたびにお互い起こし合った。二人とも眠ってしまったら、いざというとき逃げられない。

二人は倉庫の隅の汚い毛布の上に座っていたが、幸い鎖で手足が繋がれているわけではなかった。幼い子供にはなにもできないと思っているのだろう。圧倒的な力を最初に見せつけられたら、逃げる気力も奪われる。

ペットボトルの水を与えられていたが、その水が綺麗なのかもわからない。海外では水道の水を一度沸騰させないとお腹を壊すと、父親が教えてくれたのだ。

飲まないと死んでしまう。でも先にお腹を下して苦しい思いをするかもしれない。

じっと水のボトルを見ていると、隣の男の子が小さく首を横に振った。もしかしたらなにかが混ざっている可能性があるのかもしれない。

場面が切り替わる。外の光が入ってこない。

ぼんやりした意識で夜になったのだと悟った直後。突如銃声が響いた。

視界に誰かの血飛沫が映る。

臭くて暗くて怖い中に、銃声まで加わり、沙羅の意識が遠ざかる――。

脳内で響いた銃声音が現実でも蘇り、沙羅は声にならない悲鳴を上げて飛び起きた。

「――ッ!!」

全身にじっとりと汗をかいている。荒い呼吸を繰り返し、沙羅は目の前にある白い壁を見つめていた。

ここは暗い倉庫ではない。

鼻を刺激するような葉巻の臭いも感じないし、男たちの笑い声も聞こえない。だが、あの銃声はまだ脳の中で繰り返し響いている。

「……っ、どこ、ここ……」

手のひらにかいていた汗がひいてきた。ドクドクと激しく騒いでいた鼓動も、次第に落ち着きを取り戻していく。

広いベッドはホテルだろうか。テレビでしか見たことがないが、きっとこのマットレスはキングサイズだろう。

十帖以上はありそうな広い寝室。部屋の中央にベッドが置かれ、スタイリッシュなホテルのように観葉植物やソファが置いてある。壁には綺麗な海の写真が額縁に入れられ飾られていた。海外のリゾート地だろうか。見ているだけで心が安らいでいく。

軽いノックの音がした後で、扉がゆっくりと開く。

現れたのは白のニットとジーンズ姿のライナスだった。

「沙羅、目が覚めた？　具合はどう？」

耳触りのいい声が耳に届く。

先ほどまで繰り返し頭の中でリピートしていた銃声が、どこか遠くへ消えていった。

ライナスがベッドに近づいてくる。その様子を眺めていた沙羅は、既視感を覚えた。

──茶色の髪、緑色の目……とても美しい顔立ちをした男の子……。

あの端整な顔立ちをした男の子は、大きくなったらどんな風に成長しているだろうか。

きっと目の前にいる男のようになっているに違いない。

──あのとき、彼は、自分のことを指差してなにかを言っていた。

それを聞いて、沙羅は彼の名前を呼んだのだ。

「……ライ?」

ライナスがベッドの端に腰かける。沙羅の顔色を窺い、「具合はどう?」と優しく尋ねた。

──ああ……。

ライナスだ。

自分の隣にいた男の子は、ライナスだったのだと今この瞬間わかった。

女の子のようにかわいくて、怯えて泣きだしそうだったあの男の子の顔が、ライナスと重なって見える。

──なんで忘れていたんだろう。どうして彼が今ここにいるんだろう。

ベッドに腰かけたライナスへ両腕を伸ばし、彼の顔に触れた。

「ん? どうしたの」

ライナスの戸惑いの声を無視し、両手で彼の頬にペタペタと触れる。そして片手は彼の右耳に触れて、耳にかかる髪を指先でどけた。

彼の耳たぶには微かにピアスの穴の痕があった。薄い鉄板のようなものがぶら下がっていた耳の傷はもう癒えている。そのことにホッとし、同時に悲しいのか嬉しいのかわからない感情がこみ上げてきた。

「ライ……ライ……っ」

ぽろぽろと目から大粒の涙が零れる。彼の名前を繰り返し呼んだ。

沙羅の様子を見て、ライナスも悟ったらしい。優しく沙羅を見つめていた顔が、くしゃりと歪む。今にも泣きだしそうな顔は、やはりあの頃と同じ表情だった。

「沙羅……っ」

ライナスに強く抱きしめられる。

まるで縋りつくように胸の中に閉じ込められて、沙羅もたまらずライナスを力いっぱい抱きしめ返した。

――二人でいたのに、一人にさせてしまった。一緒にいたのに……。

きっとライナスは自分と違い、記憶を持ち続けていたのだろう。今こうして抱きしめているのは、沙羅が記憶を取り戻したのだと気づいたからだ。

ライナスの身体が震えている。緊張からか、喜びからか。

子供の頃は身体が小さくて、こんな風に抱きしめることができなかった。ライナスの大きな身体に包まれることも。

逞しい腕に抱きしめられて、ひどく安心する。涙は止まることなく、ライナスの胸を濡らした。

「……沙羅、具合は？　気持ち悪くない？」

彼の声が震えている。涙を堪えている声だと気づき、ライナスの背中を軽く叩いた。

「……ありがとう、大丈夫。大丈夫だよ」

「沙羅は、そればかり言う。君の大丈夫は信用ならない。辛いときでも呪文のように唱えるんだろう？」

やはりライナスは昔の記憶をずっと維持し続けている。

幼い頃、彼と励まし合った記憶を思い出し、ライナスに身体をゆだねた。

「頭は少しぼんやりするけど、もう痛みもほとんど消えているし、本当に大丈夫。私ね、夢を見ていたの」

「……どんな？」

「子供の頃の夢。外国の倉庫のような場所に閉じ込められて、美しい男の子と一緒に寄り添い合っているの。手を繋いで、一緒に励まし合って。言葉が通じないのに、不思議となにを考えているかわかるのよね」

「……そう」

「その子と一緒に、どうやって外に出られるか考えていた……と思う。相手がなにを思っていたのかはわからないけど。必ず助けがくると信じて、待っていたの」

自分が今ここにいるということは、助けがきたのだろう。

あれからどうやって救助されて、両親のもとへ帰ってこられたのかはわからない。あの場所は恐らく日本ではないはずだ。屈強な男たちも黒髪だったが、日本人でなかったのは間違いない。

「……私、海外に行ったことなんてないはずなのに……」

まだ全部を思い出していないのだろうか。

記憶の断片だけが蘇ったが、どういう経緯があったのか、両親はどこにいたのかがわからない。

それともまだ自分は夢の中にいるのだろうか。

一体どこが夢で、どこが現実だったのか。わからないことが多い。

ずきん、と鈍い頭痛が再発する。頭を使いすぎて、脳が休息を求めているのかもしれない。

「怖い夢は無理に思い出さなくていい。まだゆっくり休んだ方がよさそうだ。喉が渇いたときのために水のボトルも置いてあるから、飲みたくなったら水分補給もして」

ライナスに背中を撫でられたまま告げられる。まるで悪夢を見た子供をあやすような手つきだ。そんなに子供じゃないのにと少し笑いそうになる。

――確かにまだ休んだ方がいいかも。だけど、彼の手が離れてしまうのは嫌……。

「ライ……どこにも行かないで。手を握ってて？」

「大丈夫、どこにも行かないよ。沙羅が眠るまで手を握っててあげる。だから、なにも考えずゆっくり休みなさい」

「ここにいてくれる？」

「ああ、ここにいる」

ライナスに手を握られると、何故か安心する。

——温かい……大きな手……。

不思議と不安が薄れていく。ライナスの手が、優しく頭を撫でてくれた。

このまま心地よく眠れたら幸せだろう。彼の温もりが感じられて、次第に意識が下へ下へと落ちていく。

薄れゆく意識の中、ライナスが呟いた声が遠くから聞こえた気がした。

「……怖い悪夢は、いつか私が消してあげる」

悪夢を消すとは、一体どういう意味だろう？

——ダメ、うまく頭が働かない……。

なにか大事なことを言われたのに、それを考えることができない。思考は徐々に暗闇に呑まれていって、ふたたび夢の世界へ旅立った。

第六章

沙羅に何度電話をかけても繋がらない。どうも着信拒否をされているようだ。チャットアプリも既読にならず、連絡手段がない。

鷹尾はイライラとした面持ちで、なんの反応もないスマホを眺めていた。

「沙羅が着拒したことなんて一度もないぞ……怒らせることもしていない。いや、なにかしたのか？」

土曜日の早朝。自宅のリビングをうろうろ歩きながら記憶を遡《さかのぼ》ってみるが、そもそも鷹尾の方も仕事が忙しく沙羅に構う余裕などなかった。昨日ようやく直接本人に会いに行ったが、その前にも大した連絡はしていない。

突然の着信拒否など不自然すぎる。考えられるのは、あの男……ライナス・キングフォードが関わっているのではないかということ。

――あの男が沙羅に着拒するよう迫ったとか？　だが普通そんなこと言うか？　社長の

立場で一社員のプライベートに口出しするなど、あってはならないことだ。

社長の車で社員を送るのも不自然極まりない。あの場にもし他の社員がいて、目撃されていたら面倒なことになるだろうに。

企業のトップなら、噂になるようなことはしないはずだ。もしくはどんな噂が立とうとも問題ないと思っているのだろうか。

「……公にしてもいいと思っているのか……」

嫌な考えに行きつき、鷹尾は顔を歪ませた。

ライナスに言われた台詞を思い出し、苦虫を噛み潰したような表情になる。

「全部狙っていやがったな……沙羅の転職もあいつが仕組んだことか。あの口ぶり、昔から沙羅と俺を見ていたようだった」

これまで鷹尾を排除しなかったのは、沙羅を幸せにできるスペックがあると見込んでいたからなのだろう。もしくは、余計な男たちからのガーディアンとでも思っていたに違いない。

確かに鷹尾は学生時代、沙羅にちょっかいをかけてくる男たちを牽制したことがある。大事な幼馴染みであり、妹のようにかわいがっていたからだ。沙羅が自分を見つめてくる眼差しには、それ以上のものが込められていたことはわかっていた。淡い恋情を向けられて、いい気持ちになっていたことは認めよう。

沙羅の複雑な過去を知っているのも自分だけ。彼女を本当の意味で支えられるのも自分だけだと自負していた。その気持ちは今でも変わっていない。彼女が伴侶として選ぶ男は、すべてを知っても彼女を守って包み込んでくれるような男でなくては。

——だとしても、あの男はまずいだろ。

ライナスと一緒にいたら、沙羅は傷つく。トラウマを刺激するような男と一緒にいさせるくらいなら、なんとしてでも自分の会社に戻す。そして彼女のプライベートも面倒を見るつもりだ。

彼女の気持ちが自分に向いていないことに気づいていたから、適当に女性と遊んだりした。沙羅が嫉妬する顔が見たいと思っていたなど、子供じみていたと反省している。

今は、すべての女性と縁を切った。遊びで手を出すこともない。

意地っ張りな沙羅が今さら自分を頼ることはないだろう。だから鷹尾は自ら手を差し伸べるつもりだ。

沙羅のことを理解し支えられるのは、昔から傍にいた自分だけなのだと。

彼女を傷つける可能性の高い男の傍になど、置いておくことはできない。

鷹尾はスマホをふたたび弄り、連絡先を探し出す。大人になってから滅多に直接連絡することなどなかった沙羅の両親の電話番号を見つめ、ぽつりと呟いた。

「お前を守るのは俺だよ、沙羅」

辛い記憶など思い出す必要はない。すべて忘れたまま、幸せを見つけたらいい。

記憶の中と同じ声がスマホ越しに聞こえた。二、三言挨拶をかわし、鷹尾は少しだけ緊張の混じった声で、沙羅の母親に要件を告げた。

◆　◆　◆

日が傾き始めた頃、沙羅の意識はふたたび浮上した。

瞼《まぶた》を開けると、空は夕暮れ色に染まっている。一体何時間眠っていたのだろう？

「あ……」

小さく声を出すと、ベッドに座ったままの人物が沙羅に視線を合わせた。

「起きた？」

穏やかな声。低く、安心させるような優しい声音が沙羅の鼓膜をくすぐる。

「うん。手……、ずっと握っててくれたの？」

眠る前に繋いでいた手が今も繋がれたままだった。少なくとも一時間は握っていてくれたのだろうと思うと、嬉しさと気恥ずかしさがこみ上げる。

子供じみた我がままを言ってしまった。ライナスと繋いでいる手は今もぽかぽかと温かい。

「もちろんだ。沙羅のお願いならなんでも聞くよ。このくらいは私にだってできる」

握られている手が持ちあげられた。ライナスの唇が手の甲に落ちる。

「……っ、なんか、そういうのって恥ずかしいんだけど……おとぎ話の王子様みたいで」

しかしライナスがするから様になる。

――美形って得だわ……わかっていたけど。

だが、される方は恥ずかしさしかない。

「そう？　沙羅の王子になれるなら、頑張って研究してみようか」

「なにを？」

「王子の振る舞い、かな」

他愛のない会話がくすぐったい。流れる時間が穏やかで心地いい。

沙羅は身体を起こし、傍に置かれたままのペットボトルを取ろうとした。それに気づいたライナスはサッと手に取り、キャップを開けてくれる。

「はい、どうぞ」

「ありがとう」

「ああ、しまった。ここは王子らしく、口移しで眠り姫に飲ませるべきだったか」

「……やめて。ってか、口移しなんて言葉、よく知ってるね……ライがどこで日本語を覚えたのか気になるわ……」

アニメやドラマだろうか。好きな物で勉強するのが一番習得が早い気がする。

「沙羅が私のことに興味を持ってくれるのは嬉しいな」

そう言う彼の声を聞きながら、ミネラルウォーターをゆっくり口に含んだ。随分喉が渇いていたらしい。ペットボトルの半分ほどの量を飲み干すと、ホッとした。頭もすっきりしてくる。

「体調はどう。頭はまだ痛む？」

ライナスが優しく沙羅の頭に触れる。

大きな手で撫でられるのが気持ちいい。まるで子供の頃、父親に撫でられたときのよう。

「うん、大丈夫。もう頭も痛くないし、平気」

気持ちが落ち着いてくると、ようやく現実に意識が向いた。

「ところで、なんで私ライの部屋にいるの？　二人で私の部屋にいたよね？」

洋服が自分の部屋で着ていたものだったのには安心したが、いつの間に彼の部屋に移動させられたのだろう。

ライナスはさらりと答えた。

「それはもちろん、私が運んだんだ。沙羅が急に具合が悪くなって気絶してしまって。眠っているだけに思えたけど、沙羅をあのまま一人で部屋に残すことはできなかったんだ。私は自分の部屋に帰らなければいけない用事があったから、沙羅を一緒に運ぶことにした。意識を取り戻した後もまだ体調が悪いようであれば、すぐに医師を呼ぼうと思ってね。ここならいつでもホームドクターを呼べる」

「ホームドクター……」

聞き慣れない言葉だが、ライナスにはかかりつけ医でもいるのだろうか。彼に持病があるのかは知らないが、もしかしたらなにか薬を服用しているのかもしれない。

――よくわからないけど、一人にはできないからと思って私を連れてきてくれたってことよね……すごく迷惑をかけたわ。

「ごめんね、迷惑をかけて。用事は大丈夫だった？　私がいたせいで、ライの負担になっていない？」

「大丈夫だ、私のことは心配しなくていい。自宅に忘れた資料をメールで送らなくてはいけなかっただけだから。沙羅は優しいね」

とろりとした甘い眼差しで見つめられる。

すぐに甘やかされそうになり、沙羅はハッと気を引き締めた。

「あの、私もう大丈夫だから、帰るね。お邪魔してごめんなさい」

「ダメだ、まだじっとしていた方がいい。それに今日はもう運転手を帰してしまったから、車が使えないんだ」

「え、タクシーでも平気……」

「沙羅、私が君を連れてきたのだから、ちゃんと責任を持って送り届ける。でもそれは明日にしよう。今夜はこのままうちに泊まってほしい」

まるで懇願されるように言われたら、頷き返すことしかできない。

「じゃあ……迷惑でないなら……」

「迷惑なんかじゃないよ。沙羅が望むなら、ずっと私の部屋にいてほしいくらいだ」

「いや、さすがにそれは無理だから。自分の部屋があるし」

ライナスの本気を感じ取り、しっかり拒否する。でないと、口のうまい彼に丸め込まれてしまいそうだ。

――まあ、今日は土曜日だし。一日くらいならいいか……。

だが、昨夜の行為を思い出し、心臓がふたたび騒がしくなる。

酒に酔った勢いもあるが、半分以上ライナスの色香に酔わされていた。このまま流されてもいいかも、と思えるほどライナスから与えられる甘美な快楽に身をゆだねたくなった。それがまた今夜繰り返されるかもしれない。そう思っただけで、沙羅の下腹がずくんと存在を主張する。

――私、こんなにはしたなかったなんて思いたくない……期待なんてしてないし、そもそも付き合ってすらいないのに男性の部屋に泊まるなんて。

貞操観念が弱いと思ったことは一度もない。特別強いと思ったこともないが。

ライナスといると、自分でも気づかなかった一面に気づかされる。いい面だけではなく、恥ずかしくて逃げ出したくなる感情も押し寄せてきた。

「沙羅、やっぱりまだ具合悪い？　顔が赤い」

「ひゃ……っ！」

熱があるとでも思ったのだろう。ライナスが沙羅の額に触れた。

急に触られると、熱がなくても上がりそうだ。心配そうな顔をしている彼に、力強く答える。

「大丈夫、全然！　まったく！　熱もないし」

「そう？　だが顔色が」

「ちょっと熱いなと思っただけよ。えっと、ライナスの家案内して？　せっかく来たのならどんな部屋なのか気になるわ」

「ああ、もちろんだよ。おいで」

ライナスが手を差し出した。

ナチュラルにエスコートをしようとするところが紳士的な彼らしい。その手にそっと手を重ねると、ベッドから下りる手助けをされる。

「あの、さすがに子供じゃないから大丈夫……と思ったけど、ベッド高いね？　床に足がつかない」

「そうだな、沙羅には少々大きすぎるかもしれない」

ベッドの高さは長身の彼仕様なのだろうか。床に足を下ろそうとしたが届かなかった。つま先もかすらない。

――よく見たら海外の高級ホテルにありそうなベッド……これ引っ越しの搬入も大変そう……。

そんな庶民的なことを考えていたら、ライナスが沙羅の背中に腕を回し、ひょいっと身体を持ちあげられてしまった。

「ひゃあ！」

子供のように縦抱きにされたまま、寝室の扉をくぐる。

「ちょ、ライ……！　危ないから下ろして」

「病み上がりだから私が運ぼう。こっちがバスルームで、トイレが隣だ。ここが書斎。家で仕事をするときは大体この部屋にいる」

抱き上げられたまま家のツアーが始まった。

ライナスが「しっかり摑まってて」と言いながら、螺旋《らせん》階段を下りる。

——螺旋階段!?　え、ここメゾネットマンションなの？

窓の外は空しか見えなかった。高層マンションの上の階なのだろうとは思っていたが、室内に階段まであるような造りの高級マンションなど入ったことがない。

黒い手すりに触れることなく、ライナスはゆっくり下りていく。振動を与えないようにという気遣いが伝わってきた。

「ここはリビング？　すごく広い……」

「そうだね、リビングルームと、あっちがファミリールームかな。ダイニングは向こうにあるよ」

向こうと言われたが、ダイニングテーブルらしきものは見当たらない。何人座れるのかわからないベージュ色の革張りのソファや絵画は目に入るが。

全体的に開放的な空間で窓が大きい。床は大理石だろうか。以前テレビで見た外国の大使が住む豪邸にそっくりだった。

――セレブだ……わかっていたけど、わかっていなかった……。

一体床面積は何坪あるのだろう。余計なものが一切置かれていないモデルルームのようなマンションだ。何気ないものでも、とんでもない値がつくに違いない。

沙羅がライナスに抱き上げられたまま縮こまっていると、彼は上機嫌で部屋の案内を続ける。

「こっちがキッチン。冷蔵庫に入っているものは好きに使っていいよ。飲み物も、冷たいのが苦手ならパントリーに普通のミネラルウォーターと、炭酸水やウーロン茶がある。あ、温かい紅茶がいいなら私が淹れるから遠慮なく言って」

「ありがとう……。キッチンも豪華だね……ライは料理するの？」

「いいや、ほとんどしないな。でも沙羅が食べたいと言うなら、頑張って作ろうか。懇意にしているシェフに連絡して作り方を習うよ」

「それは料理教室に通うレベルじゃない……。無理しなくていいからね」

懇意にしているシェフがどういう人物なのか、尋ねるのが怖い。どこかの有名店の忙しいシェフの手を煩わせることもしたくないので、やる気をそいでおこう。

「そうか、それは少し残念。君の口に合うものをリサーチしようと思ったのに」

「……気持ちだけで十分よ。ライは忙しいんだから、家事はアウトソースでいいと思う」

生活感が一切感じられない部屋は、恐らく定期的にプロに来て管理してもらっているのだろう。ライナスが掃除洗濯をする姿が想像できない。

経済的に問題ないのであれば、どんどん活用したらいい。ストレスもなく綺麗な部屋で過ごせて、経済も回る。お互いｗｉｎ－ｗｉｎだろう。

いい加減下ろしてもらおうと、ライナスの肩を軽く叩く。だがこういうときに限って彼は沙羅の気持ちを無視し、ホールドする腕に力を込めてくる。

――思っていた以上にいい性格をしているわ……。いつも察しがいいくせに、都合の悪いときはスルーとは……。

微笑んでいる気配がするので、わかっててやっているのだ。後でいろいろ我がままを言って困らせようと思ったが、そんなことをすれば彼を喜ばせるだけかもしれないと、思い直す。

――本当、私だけ振り回されているわ……悔しい。

シアタールームに案内されたときは、もう驚かなくなっていた。驚きは持続しない。そのくらいあるよね、という納得感までこみ上げてくる。

映画館のプレミアムシートに似た席が五席。きっとリクライニングもできるのだろう。そして中央には、カップルシートのような二人掛けのソファが置かれていた。ご丁寧に、カップホルダーまでついている。

「沙羅はどんな映画が好き？　君の好みの映画も取り揃えておこう」

「私の好みよりも、ライが好きなのを揃えた方がいいんじゃない？　基本的に私はなんでも観るかな。あまりグロテスクなホラー映画は苦手だけど」

「わかった、ホラー映画以外を揃えておこう。映画が観たくなったらいつでもうちにおいで」

「……ありがとう」

正直自宅のパソコンで映画配信を観た方が早いと思ったが、喉まで出かかった言葉は呑み込んだ。大きなスクリーンで観た方が確実に臨場感が違う。

シアタールームを出てバーカウンターを通り過ぎ、ふたたびリビングに戻った。ソファの上に座らされて、ようやく身体の自由を取り戻す。

「他にも娯楽室があるけど、興味があったら後で案内しよう」

「娯楽室って？」

「ダーツとビリヤード台がある部屋かな」

「……なかなか日本の家でそれを置いてる人はいないと思う……すごいね」

まるで海外の家だが、もしかしたらライナスが揃えたわけではないのかもしれない。元々この部屋は彼の家族かキングフォードの関係者が使用していたと言われたら納得できる。

「私の趣味ではないけどね。引っ越してきたときから置かれていたものだ」

「家具とか、このソファとかも？」

「ああ、家具はほとんどそうだな。私が選んだのはベッドくらいかもしれない」

家具が備え付けの部屋となると、もし賃貸なら相当高そうだ。恐らく持ち家だろうが。

あまり深く考えない方がいいと判断し、沙羅は思考を切り替えた。

「お茶を淹れてくるよ。ここで待ってて」

ライナスがキッチンに向かう。その彼の後ろ姿を見つめながら、頭の整理を始めた。

――あれ……私、ライに確かめなくちゃと思っていたことがあったよね……なんだっけ？

体調の悪さも消えており、頭の痛さもなくなっている。寝起きだったためライナスに言われるがまま室内を案内されていたが、それよりも重要なことがあったはずだ。

思考を遡っていくと、ようやく夢の光景を思い出す。

――そうだ、あの男の子……！　ライと同じ色の目をした彼が、同一人物かを確かめようと思っていたんだった！

なにをぼんやりしていたのだろう。すっかり彼のペースに呑まれていたが、もっと先に訊くべきことがあったではないか。

ライナスがキッチンから戻ってくる前に訊きたいことをまとめる。

――よく思い出せないけど、どこかの国で知らない男たちに捕まっていた。あれは私とライよね。一体なにが起こったの？

海外旅行に行った記憶が一切ない。両親から旅行の話を聞いたこともなかった。もし海外に行った記憶があれば、一度は話題に出たはずだ。だが、両親は一言もそんなことを言わなかった。

──アルバムにも写真がなかったし、そんな記憶まったくないものね……って、まさか私、前世の記憶が蘇っているとか、そっちのパターン？

今、前世の記憶を思い出したカップルの切ないラブロマンス映画が流行っている。映画の予告を見て、そんなことって本当にあったりするのかな、と思っていたのだが。まさか自分も該当者なのだろうか。

「……いや？　いやいやいや……」

前世のはずがない。だって夢の話をライナスにしたときの表情を見れば、彼が当事者だったのは丸わかりだ。

今にも泣きそうなあの表情が嘘だとは思いにくい。隣にいた男の子がライなのだと、眠る直前に思ったではないか。

──やっぱり確かめないと。私が忘れていただけで、ライは覚えているんだわ……。

真実を聞くのは怖い。記憶を失っているということは、恐らく強いストレスがかかったということだろう。子供の脳では処理しきれないなにかが起こり、防衛反応で脳がなかったことにした。

──でも、私はもう大人だもの。なにを聞いても驚かないし、怖がらない。

けれど、目覚める瞬間に聞こえた銃声、あれもただの夢ではなく、実際に起こったことだとしたら……。身体が震えそうになる。

だが、同じ苦痛を味わったであろうライナスの痛みを想うと、一人きりにするのは嫌だと感じていた。

「お待たせ。沙羅は砂糖とミルクもいるかな」

ライナスがティーポットとカップをトレイにのせて持ってくる。彼の質問に、沙羅は「私はどっちもいらないわ」と答えた。

「そう？　ありがとう、いい香り……って、すごくおいしい。喫茶店の紅茶みたい」

「ありがとう。沙羅の口に合って嬉しいよ」

沙羅の隣に座り、ライナスが微笑みかけてくる。

距離感が近いことには慣れてきたが、妙に甘い眼差しで見つめられると落ち着かなくなる。

カップの半分ほどを飲んだところで、沙羅は思い切ってライナスに問いかけることにした。

「ねえ、ライ。教えてほしいんだけど、私たちって子供の頃に会ってるよね？」

ライナスに視線を合わせる。

彼の緑色の目はほんの一瞬動揺の色を見せた。

「お願い、私が知らないことを……ううん、私が忘れてしまったことを教えてほしいの。私がライに語った悪い夢は、昔本当に起こったことなんだよね？」

膝にのせたままの彼の手を握る。指先が少し冷たかった。

——緊張しているのかもしれない。私と同じだわ。

ライナスの耳にそっと触れた。ピアスの穴は完全に塞がれているが、よほど乱暴に開けられたのだろう。微かに痕が残っていた。それは沙羅の耳に残る傷跡と似ている。

「ライ」

懇願を込めてライナスの名を呼んだ。

彼は僅かに眉を寄せて、沙羅の手をギュッと握りしめる。

「覚えていないのなら、忘れたままの方がいいんだ。その方が君を傷つけないとわかっている。……でも、私は君が思い出してくれて嬉しかった。沙羅がいたから、私は生きてこられたから」

繋がれている手が持ちあげられて、ライナスの額につけられた。まるで祈りを込めるような仕草だ。

その手を膝の上に下ろされて、指を絡められる。

「……子供の頃、私は病弱だったんだ。九歳になっても体格は他の子より小さいくらいに。でも病気が治って体力がついてきた頃、家族旅行でメキシコに行って、一瞬の隙をつかれ、犯罪組織に誘拐された。そこで沙羅、君に出会った」

「……私もメキシコに行ってたのね……？　まったく覚えていないわ」

「君は保護された後、高熱を出してそのまま日本の病院に入院したと聞いたよ。事件の記憶も消えていたから、ご両親は思い出してほしくなくて、君には隠していたんだと思う」

ライナスの家族と同様、沙羅の家族もメキシコに旅行に行っていた。数か所を巡り、十一月一日の祭りを観光していたらしい。

だが、一瞬の隙をついて沙羅は攫われた。犯罪組織の実行犯はキングフォード家の子息を狙ったが、沙羅がライナスと同じ色の帽子をかぶっていたため間違えて攫われたらしい。

思い返すと、沙羅は子供の頃活発で同年代の子よりも大きく、髪の毛もボブカットだった。帽子をかぶっていたら男の子に間違われても不思議はなかった。

沙羅より四歳年上のライナスが病弱で小さかったのだとしたら、発育が良かった沙羅と背格好が似ていたのかもしれない。

「君は被害者だ。私を狙った誘拐犯に間違われて犯罪に巻き込まれた。誘拐されてから三日後に助けが来たが、それまで私と君はずっと肩を寄せ合って、お互いを慰め合っていた」

「……言葉もわからないのに？」

「ああ。でも、沙羅は私の手を握って、ずっと『大丈夫』と声をかけてくれた。日本人の祖母がよく私にかけてくれた言葉だったから、その意味は理解していた。でもあの頃は日本語を話すことができなくて、とてももどかしかった。君よりも年上だったのに、私が君に守られていた。それがどれだけ心強かったことか……」

「……だから、ライは日本語を勉強したの？」

「そうだ。もしいつかまた沙羅と再会できたら、自分の言葉で話せるように」

彼は今、沙羅と違和感なく話せている。どれだけの努力をしたのだろうと考えると、胸の奥がじんわり温かくなった。

ライナスは当時の事件を淡々と語っていたが、その声にはあの日の感情が交ざっているように聞こえた。

沙羅にはまだ夢の中の出来事という印象で朧気《おぼろげ》でしかない。だが、幼かった自分が彼を癒してあげられたのなら、自分を褒めてあげたい。

「そんな事件が起こったのなら日本でも報道されていたのかな……」

「いや、それはない。私の両親が迷惑をかけないよう、事件が公にならないようにしたと聞いている。当時のメキシコの日本大使館も、私たちを助けようと動いてくれていたが、日本のニュースで流れるようなことにはならなかったはずだ」

だから沙羅が目を覚まして記憶をなくしても、周囲から奇異の目で見られることがなかったのか。今のようにSNSが発達していたら隠すことなど不可能だっただろうが、インターネットが普及していないあの頃なら、圧力をかけるだけで報道されずに済んだのだろう。

――そういえば五歳くらいの頃、入院していた記憶があった。両親は風邪を拗らせたと言っていたけど、あのときがそうだったに違いないわ……。

夢の光景を思い出す。幼い少年の耳につけられていた鉄板のような小さなプレート。思い返すとドッグタグのように、なにかが刻まれていた気がする。

「……私、耳になにかをつけるのが嫌いなの。子供の頃から何故かずっと嫌いで、それなのにいつの間にかピアスの穴が開いていた。両親に訊いても答えてくれなかったんだけど、これって誘拐事件のときに開けられた穴なのよね？」

二十三年が経過し、今はほとんど消えている。穴はとっくに塞がっていて、ふたたび開けたいとも思わない。

ライナスが僅かに痛ましい顔をし、細く長い息を吐いた。

「……これはかつて、犯人が私たちの耳に開けたものだ。ここには、値段が刻まれた金属のプレートがぶら下がっていた」

「値段……身代金目的の？　それとも人身売買だったの？」

日本にいたら考えられないような子供の誘拐が、海外では今も多発している。誘拐された子供の臓器売買が未だに横行している国もあるらしい。

自分が売られていたかもしれないと思うとゾッとする。殺されて、内臓だけを取られていたかもしれない。いや、もしかしたら奴隷として売られていたかも……。

パスポートがなければ日本に帰ることもできず、どこか違う国に密入国させられていた可能性もある。沙羅の身体に震えが走った。

「ごめん、沙羅。これは伝えるべきじゃなかった」

ライナスがギュッと抱きしめてきた。だが彼の言葉を否定するように、沙羅は首を左右に振る。

「ううん、謝らないで。尋ねたのは私の方よ。ただ、平和な日本で育ってきたから、ちょっと実感が湧かなくて……子供の人身売買目的の誘拐が起こる国なんて、まだあるのよね……」

一体どのくらいの値段がつけられていたのだろう。

そのままメキシコを出て、違う国に連れて行かれていたら、きっと両親のもとに戻れなかっただろう。今この場にいられることが奇跡のようだ。

「それで、その犯罪組織はどうなったの？」

「……犯人たちは逮捕されたよ。組織も解体されたと聞いている。私も沙羅も、警察に助けられた」

「そう……よかった」

二人とも身体に大きな傷を負うことなく、無事に保護された。ピアスの穴だけで済んだのは運が良かったのだろう。

異国の地で娘が誘拐され、事件に巻き込まれた両親の心労を想うと、彼らが沙羅に対して過保護になっていたのも理解できる。大学進学も自宅から通える距離でないと認められないと言い、社会人になってから一人暮らしをするのも散々渋られた。

鷹尾が起業した会社に勤めることになっても、海外出張があるかどうかを彼に直接確認していたほど。

鷹尾は海外進出はまだ考えていないし、沙羅に無理はさせないと約束していた。あの頃は、両親はなにをそんなに気にしているのだと思ったものだが、このような事件があれば心配せざるを得ないだろう。

——二十三年前なんて、スマホもGPSもない時代だもの。携帯電話だって持っていたかどうか怪しい。今なら容易にできたことも、あの時代だったら難しかったに違いないわ。三日で犯人のアジトを見つけられたのは、彼らが居場所を伝えて身代金の交渉をしたのか、メキシコの警察が優秀だったのか。もしくは、ライナスの両親が持てる力を使って捜し出してくれたのかもしれない。

ライナスに抱きしめられながら深く安堵する。

事件のことは、正直現実味がない。けれど、今こうして二人とも無事だったことはとても幸運なことなのだ。

——私は忘れていたけど、ライはずっと覚えていたのよね……。相当なトラウマになっていてもおかしくないのに、こうして話してくれて……。

ふたたび二人が出会えたことも奇跡だ。

……いや、本当に奇跡なのだろうか。

——あれ？　どうして私、ライと出会ったんだっけ……。

数か月前に道端で出会ったのがきっかけだった。その後食事をし、転職を考えているという沙羅の愚痴を聞いたライナスが、自分の会社の面接を受けないかと誘ったのだ。

だが、もし彼が昔から沙羅を知っていたのだとすれば、その出会い方に疑問が残る。あの出会い……彼にとってこの再会は、果たして偶然だったのだろうか。

沙羅の身体はライナスに抱きしめられることにすっかり慣れた。腕の中にいると安心する。昨夜はもっと奥までライナスの熱を感じたいと思ったし、彼に与えられる快楽に身をゆだねてしまいたいとまで思っていた。

しかし、恋心に似た感情を持っていたのに、完全に落ちきれなかったのは、どこかでライナスを信じきれなかったから。

直観的に彼がなにかを隠し、秘密を抱えていると気づいていたのだ。それが沙羅のトラウマに通じるため、あえて隠していたのなら理解できる。

けれどまだなにかが引っかかる。

——私のことが好きだ、幸せにしたいと言っていたのは、罪滅ぼしがしたいから……？

関係のない少女を巻き込んでしまった罪の重さから言いだしているのではないか。

もしも沙羅ではない違う少女が事件に巻き込まれていたとしたら、ライナスは同じように、成長した女性を幸せにしたいと言うのではないだろうか。彼は優しい人だから。

そんな考えが次々と生まれて、思考を埋めていく。

ライナスだって被害者だ。彼が罪滅ぼしのために沙羅に構い、幸せにしたいと願っているのだとしたら……。

——ああ……気づかなければよかった。

抱きしめられているのに、身体が冷えていく。

ライナスの気持ちが恋や愛ではなく、そういう罪の意識から来ているのなら、これ以上彼を自分に縛り付けることはできない。

彼と距離を置かなくてはと思うと、寂しさがこみ上げてくる。その感情を抱いている時点で、自分の中でライナスの存在が大きくなっているのだ。

――馬鹿だな、私……。こんな風にショックを受けるくらい、いつの間にかライのことが好きになっていたなんて。

でも、これ以上歪な関係を続けるのは健全ではないだろう。

勤め始めたばかりの会社はすぐには辞められないが、プライベートで会うのはこれで最後にしよう。

この優しい手と離れるのは辛いが、手放さなくてはいけない。

沙羅は軽くライナスの胸を押して、顔を上げる。彼の腕の戒めが少し緩んだ。

「沙羅？」

ライナスの表情が陰っていく。沙羅の心の変化を感じ取ったのかもしれない。

「ライ」

緊張の浮かんだ顔を見つめて、寂しさに気づかれないように冷静な声を出した。

「今までありがとう。でももうこれ以上、プライベートで会うのはやめましょう。ライは私から解放されるべきだと思う」

「……っ！」

エメラルドに似た綺麗な瞳が、驚きと動揺の色に染まる。

沙羅を凝視するライナスの眉根がキュッと寄せられた。

「……なにを言っているのか理解できない。沙羅から解放される？　どういう意味だ」

「ライがずっと誘拐事件を覚えていて、私の幸せを願ってくれていたのは嬉しい。でも、私が巻き込まれたことに罪悪感を覚えていて、幸せになってほしいと思うのなら、それは健全ではないわ。私は過去の罪滅ぼしのために、ライに幸せにしてもらいたいなんて思わない。お互い距離を置いた方がいいと思う」

胸の奥がズキンと痛む。

なにかが軋んで、崩れていく音がした。だがそのことには気づかないふりをする。

——そうじゃないと、私もきっと前に進めないから。

元々ライナスは違う世界に住む人なのだ。国も違えば、経済力だって桁違い。資産家の御曹司で会社をひとつ、ポンと任されるだけの有能な人。プラス、この美貌を持っていれば、自分よりも彼に相応しく、隣で支えられる人がいるだろう。

——私はライを支えてあげることなんてできない……。隣に並ぶことも無理だわ。

出会ってから一度も、ライナスは沙羅に怒ったことがない。沙羅を否定する言葉もかけてこない。常識のある大人なら当然のことかもしれないが、プライベートの時間を過ごしていてもライナスは沙羅のすべてを肯定する。

そのことが心地よくもあったが、その根底に罪の意識があるのなら、本心では違うと思っても、ライナスは本音を言わないのではないか。そんな関係は健全ではなく、歪としか思えない。

——ライが否定しても、もう私が信じることは難しい。

罪滅ぼしではなく、沙羅が好きなのだと言われてもどう信じたらいいのかわからない。

「沙羅、やめてくれ。そんなこと言わないでほしい。ようやく会えたのに、君を手放すなんてできない。ずっと私の傍にいてほしい。罪滅ぼしなどではないと、どうやったら信じてくれるんだ?」

ライナスが懇願する。その表情は苦悩しているように見えた。

とても嘘や演技だとは思えない。本心から言っているのだと伝わってくる。

だけど、沙羅も正直わからなかった。なにが正しい答えなのか、頭も心もぐちゃぐちゃの状態では冷静に考えられない。

「ライ……」

「私は沙羅を愛している。確かに、出会ったときは子供すぎて、恋愛感情は芽生えていなかった。ただ大切にしたいと思っただけだった。でもこうして沙羅が目の前にいて、君の肌に触れられることが、今までの人生の中で一番幸福だと思う。愛している。こんな気持ちになるのは沙羅だけなんだ。どうか信じてほしい。罪滅ぼしのために幸せにしたいわけではない。私は沙羅と一緒に幸せになりたい」

「一緒に、幸せ……」

幸せにしたいと言っていたライナスが、共に幸せになることを望んでいる。それは沙羅も望んでいたこと。幸せは誰かに与えられるものではない。自分で見つけて、一緒に育《はぐく》んでいけたらいい。

でも、沙羅はライナスと一緒に幸せになれる未来が描けない。

――どうしよう、なにも浮かばない。ライの言葉は嬉しいのに、彼との未来が想像できない……。

ライナスが相当な役者でない限り、彼の台詞も表情もすべて本心からだと思えるのに。たとえ罪滅ぼしだったとしてもいいじゃないと思えるほど楽観的にはなれず、彼の胸に飛び込む勇気が湧いてこなかった。

彼の手が沙羅の頬に触れる。親指が下唇の輪郭をなぞった。

「沙羅が私以外の男に甘えて、このかわいい唇が他の男とキスをするなんて考えたくない。君の大切なここに、他の男の欲望を受け入れるなんて、嫉妬で狂いそうになる」

もう片方の手が沙羅の腹部に触れる。厚い生地越しにライナスの手の形と熱が伝わってきて、沙羅の胎内がふるりと震えた気がした。下腹がきゅうっと収縮し、直接的な刺激を求めている。

「ライ……」

拒絶しているのに身体が受け入れたいと思うなんて。浅ましい女の性に気づかされた。

「そう、私の名前だけを呼んで。そのかわいい声で他の男の名前なんて呼んでほしくない。沙羅の口内の蕩けるような熱さを知っているのも、男を受け入れたことがないここに入るのも、私だけだ。私しかいらないと言ってほしい。私だけを求めて、沙羅」

「……っ！」

下唇をなぞっていた親指が、沙羅の口内に侵入する。指が歯をそっとなぞり、中で縮こまっている舌に触れた。

ぐちゅり、と淫靡な唾液音が響く。まるで舐めてと言われているように、沙羅の口内を弄られる。

何故こんなことをされているのだろう。軽く指に吸い付くとライナスが快楽に耐えるように熱い吐息を出したのを目の当たりにして、奇妙な感情がせり上がる。彼の淫らな表情をもっと見たくなってきた。

――って、ダメ、流されちゃ……！

こんな行為をしていたら、それこそ離れられなくなる。もしかしたらライナスは沙羅が離れられないよう身体から縛り付けるつもりなのかもしれない。

「ダ……め」

彼の胸に手を置いて突っぱねようとし、体勢が崩れた。背中が柔らかなソファのシートに沈む。その様子を上からライナスが見下ろしていた。沙羅の唾液で濡れた親指を、ライナスがぺろりと舐める。

その光景がいやらしくて、沙羅の顔が羞恥で赤くなった。

「私以外が触れられないよう、この身体に刻みつけてしまおうか」

不穏な言葉を紡いだ直後、彼の不埒な手が太ももを弄《まさぐ》る。

「あ……っ！　ライ、なにを……っ」

足首近くまであるロング丈のワンピースが膝上までめくりあげられていた。流れるような手つきでライナスの指が下着にかかり、するすると下ろされていく。

自分が身に着けていた小さな布があっという間に彼の手におさまったのを見て、沙羅は声にならない悲鳴を上げた。

「――ッ！」

「感じてくれていたんだね。しみができてる」

うっとりと呟いた後、ライナスは沙羅の下着に唇を寄せた。

美形が自分の濡れた下着にキスをするという倒錯的な光景を目の当たりにして、くらりと眩暈がする。

――なにして……！　変態なの!?

思い切ってライナスを蹴りあげようとしたが、膝裏に手を回されて空を蹴ることしかできない。

「ライッ！　パンツ返して」

「嫌だ、と言ったら？」

「……っ！」

両膝をグイッと広げられて、ライナスの肩にかけられる。沙羅は秘所が丸見えになっている状況に涙目になりそうだった。

「ダメ、だから……アッ、アア……ンッ！」

蜜を零す泉に口づけられている。

じゅるりと音を立てて秘所に吸い付かれ、沙羅の腰がびくんと跳ねた。肉厚な舌が入口を突き、先端を浅く入れられそうになった。

「ンァ……ッ！　ダメ……ライ、それダメ……っ」

「たくさん気持ちよくなって。私と離れたいなどと思わないように」

敏感なところに息を吹きかけられた。沙羅の肌が粟立ち、腰が揺れる。

快楽に敏感にさせ、身体から篭絡しようとしているのだろうか。ライナスに触れられる太ももにも神経が集中し、さらなる刺激を期待しそうになる。

下半身だけを露出した状態でライナスに愛撫をされているのが恥ずかしすぎる。やめてほしいのに、身体はさらなる刺激を期待し、彼から与えられる熱を期待していた。

「や……、アア……ッ！」

花芽に強く吸い付かれ、軽く歯を立てられた。慣れない刺激が沙羅の思考を真っ白に塗りつぶす。

胎内に燻っていた熱が弾け、軽い絶頂を味わった。

「ン――ッ！」

こぽり、と蜜が溢れたのを感じる。

「沙羅……」

ライナスが名前を呼びながら、沙羅が零した蜜を舐めとった。じゅるじゅると強く吸い付かれ、絶頂を味わったばかりの身体がびくびくと跳ねそうになる。

「かわいい……私の沙羅……」

つぷ……とライナスの指が挿入された。柔らかくほぐした場所に彼の指が二本入っている。中を拡《ひろ》げるようにちゅくちゅくと弄られ、膣壁を擦られた。

「あ、あぁ……ン」

「温かい。私の指が好き？　すごく締め付けてくる」

ライナスの声が甘ったるく響く。彼は一切服を乱さず、沙羅から快感を引き出そうとしていた。

痛みはないが、慣れない異物感に眉を顰める。ライナスから放たれる凄絶な色香を吸い込むと、頭に靄《もや》がかかりそうだ。

このまま気持ちいいことに流されたい……いいや、やっぱり流されるのはダメだ。

——拒絶、しないと……。こんな関係、受け入れちゃダメ……。

距離を置こうと決めたのだから、少し考える時間が欲しい。沙羅はぼんやりとした思考をなんとか働かせようとする。

だが、ライナスに、肩にかけた脚に頬ずりをされ、愛おし気に太ももにキスを落とされて冷静さが消えてしまう。視覚情報が暴力的すぎる。

水音が室内に響く。自分の恥ずかしいところから奏でられる音など聞きたくなくて、両手で耳を押さえた。

「沙羅、気持ちいぃ？」

挿入された指がひと際大きな粘着音を奏でる。ぐちゅぐちゅと指を動かされながら、思考がどんどんライナスに染まっていく。

気持ちいい、気持ち悪い、もっと触って、触らないで——。

相反する気持ちがせめぎ合う。

せめてもの抵抗に、沙羅は首を左右に振った。だがその直後、指でぐりッと花芽を刺激される。

「やぁ——……ッ！」

視界がチカチカと点滅する。沙羅がか細い叫びを上げたと同時に、膣内からライナスの指が引き抜かれた。

「沙羅……」

凄絶な色香をまき散らしながら、ライナスが濡れた指を舐めている。その光景は艶めかしすぎる。沙羅の蜜が塗れた指は、テラテラと光って見えた。

「——ッ！」

このままここにいてはダメだ。貞操の危機以上に、身体がライナスを求めてしまう。

身体を起こしたと同時に、背中からライナスに抱きしめられた。

「逃げないで、沙羅」

「……っ、ずるい……」

そんな風に懇願されると、罪悪感がこみ上げてくる。こっちはなにも悪くないのに、ライナスの手を振りほどきにくくなってしまう。

「君に気持ちよくなってもらいたいだけなんだ。私は沙羅がいたから、今まで生きてこられた。君と過ごしたあの三日間は、私の中でかけがえのない思い出になった。沙羅がいなかったら、私の心はあの瞬間死んでいた」

抱きしめられながら縋られる。その腕を振りほどくことができなくて、沙羅は抵抗を諦めた。

「ライ、私は……」

「どうしたら君は傍にいてくれる？　沙羅の中にある辛い記憶を消してしまえば、君は私とずっと一緒にいてくれるんだろうか」

「……記憶を消す？　なに言ってるの？」

「うちのグループ会社が設立した、記憶を消すセラピーが受けられる施設がある。残念ながらまだ日本には進出していないんだけど、ウィステリアに来てもらえたら沙羅から辛い記憶を消してあげられる。それとも、私の沙羅への気持ちが信用できないなら、私の中から沙羅との昔の記憶を消そうか。そうしたら君は私の愛を信じてくれる？」

――え、なにを言っているの？　意味がわからない……。

そんな施設が設立されていることも驚きだ。人の記憶を弄れるなど、現代の技術で本当に可能なのだろうか。どうやって特定の記憶だけを消すのだろう。疑問が尽きない。

——私と過ごした三日間をかけがえのない思い出と言いながら、それを消すのも厭わないほど私と一緒にいたいの？　私に愛を信じてほしくて？　記憶とともにその愛も消えてしまうかもしれないのに。

身体に震えが走る。純粋にライナスが理解できない。

その施設も、もしかしたらライナスが設立させたのかもしれない。記憶と脳科学を専門とするサイエンティストを集めて、キングフォードグループが作らせたのだろう。

トラウマを抱える人たちの助けになればという名目かもしれないが、その根底にあるのが自分かもしれないと思うと、ライナスの執着が病的に思えた。

——きっと、私があの日ライに再会したのも、仕組まれていたことなんだわ……やっぱり偶然なんかじゃない。用意周到な彼が偶然を装って近づいてきただけ……。

身体の熱が引いていく。全部仕組まれていたことだとしたら、自分はライナスの手のひらの上で踊っていることになるではないか。

自由でいると思っていたのに、誰かのシナリオ通りになっていたなんて。

「そんなことはやめて。私は自分の記憶を消さなくていいし、ライにも消してほしいとは思わない。ライが自分で決めたことなら反対しないけど、私がお願いしたから消すなんてことは絶対にやめて」

「沙羅は罪滅ぼしのためじゃないと信じてくれるの?」

「……正直まだわからない。それにライのこともわからなくなった」

甘い眼差しで見つめてくる男がひどく危うい人に見えてくる。

全部沙羅のためという行動原理が重すぎる。だがそういえば、この男は沙羅が好む一人称に変えてもいいし、職業だって弁護士がいいと言えば法学部に入ると言っていたではないか。

——怖い。

冷静に考えてみると、ライナスのことがわからなくて恐ろしい。

「私のことがわからない? どうして。私はただ沙羅のためになることがしたい。沙羅が幸せになってほしくて、そのためにはなんだってしたい。沙羅が大切だから」

「だから! そうじゃなくって!」

価値観が決定的に違うのではないか。

沙羅は幸せにしてほしいなどと願っていないと何度も言っているのに。結局理解されていなかったのだ。

「私が弁護士と結婚したいと言ったら法学部に入るって言ったよね。野球選手だったら草野球から始めるんだっけ。あなたの人生なのにどうして私がこう言ったからって簡単に変えられるの? 責任取れないし、幸せにしてほしいなんて言ってないって何度も言ったよね。ライは私のこと全部肯定してくるけど、私が間違えたことをしても間違ってるって言える？」

「それは……」

ライナスの目に躊躇いが映った。きっと彼は沙羅を否定できない。

「私はライとの出会いを偶然だと思ってた。これもご縁なのかもしれないって。でもライが元々私のことを知っていて、そんなに想っていてくれたのなら、偶然だと思う方がおかしいよね。もしかして仕組まれたことなんじゃないかって。レストランのキャンセルも嘘で、本当は初めから二名で予約していて私を連れて行こうと思っていたんじゃないかって」

ハッとする。ライナスが連れて行ったのはメキシカンレストランだった。

メキシコにトラウマを持っている人を、メキシカンレストランに連れて行くだろうか。今の沙羅のように、過去の記憶を思い出して混乱していたかもしれないのに。そこになんらかの意図があったとしてもおかしくない。

だが一体なにを思っていたのか。あわよくば記憶を取り戻してほしいと思っていたのだろうか。

ライナスが黙っている。気になって顔を上げると、彼は静かに泣いていた。

――えっ！

ぽろぽろと大粒の雫が頬を伝っている。悲しげに下がった眉と美しいエメラルドグリーンの瞳から目が離せない。

男性が泣く姿を初めて見てしまい、高まっていた感情が一瞬で落ち着いた。新たに浮上した疑惑も頭から抜け落ちてしまう。

「ごめん、泣かせるつもりじゃ……少し考える時間が欲しいの。一人で考える時間をちょうだい。……今日は家に帰るわ」

「………わかった」

ライナスは苦しげに了承した。未だに涙を零したまま、不安でたまらないという表情が子供の頃の彼とダブって見えた。

だがあえて気づかないふりをして、ライナスに自分の荷物はないかと確認する。

「……沙羅のバッグと、紙袋にいくつか荷物を持ってきている。部屋の鍵はかけてあるよ」

「そう、よかった。スマホでタクシーを呼ぶわ。ここの住所教えてくれる？」

「いや、私の運転手を呼ぶからいい」

「え、でもさっきもう帰してしまったって」

「もう一度来てくれるように頼むよ」

ライナスがスマホを取り出し、電話をかけた。運転手からは十分ほどで到着するとの返事が来た。

予告通り十分後に運転手から連絡が入った。だが沙羅の靴が見当たらない。

「私の靴はどこ？」

「ああ、すまない。抱きかかえて連れてきたから、靴を忘れてしまったようだ」

今までなら、そうなのかと信用でききただろうが、彼はあえて靴を持ってこなかったのではないかと勘ぐってしまう。簡単にこの部屋から出られないようにするために。

――用意周到なのに忘れるなんてあり得ない。わざと持ってこなかったとしか思えない。

それを許せるかどうかを考えるが、きっと許せてしまうのだろう。帰宅したいという沙羅の希望を叶えてくれるのだから、無理やり軟禁するということにはならない。

ライナスの靴では大きすぎたので、スリッパを一足もらった。女性用のスリッパをサンダル代わりにし、荷物を持って地下の駐車場に向かう。

無言のまま自宅のマンションまで送り届けられ、車を降りた。運転手に礼を告げて、ライナスに視線を向ける。

「沙羅……」

彼はなにかを言いかけて、言葉を呑み込んだ。きっとなにを言っても、沙羅を追い詰めることになると思ったのかもしれない。

躊躇いがちに告げてきたのは、沙羅を気遣う言葉だった。

「体調、気を付けて。ゆっくり休んで」

「……ありがとう。また、月曜日に」

扉を閉めて、マンションのエントランスに入る。自室に戻ると、いつもより部屋が広く感じた。

「……昨日はライがいたからだわ」

彼が座っていたソファにバッグと紙袋を置き、深く息を吐き出した。いろいろあって疲れてしまった。何度も眠っていたから眠気はないが、また少し頭痛の気配がする。

キッチンに向かい、冷蔵庫から炭酸水を取り出した。グラスに注ぎ、喉を潤わせて一息ついた。

「もう夕飯の時間じゃない。先にシャワー浴びようかな……」

ライナスに恥ずかしいところを舐められたのを思い出す。まだ股がぬるぬるしていた。

だが、今さらながら違和感に気づき、はっとする。

「パンツ……！」

脱がされた下着がそのままだ。ライナスの部屋に置き忘れたのか、彼が気づきながらもあえて返さなかったのか……後者の可能性が高くて泣きそうだ。

「わかっていた。あの人腹黒だわ……わかってて返さないとか……」

汚れた下着がまだ彼の部屋に落ちていると思うと、深い後悔しかない。どんな下着を穿いていたっけ？　と考えそうになったが、ブンブンと首を振り、考えるのをやめにする。

「忘れよう。嫌なこと全部忘れて、とりあえず考えることを放棄しよう」

シャワーを浴びてすっきりすると、少しだけ気持ちが浮上した。お腹はあまり減っていないが、なにか胃におさめた方がいいだろう。

デリバリーサービスを頼むべきか考える。今から買い出しに行くのはひどく億劫だ。

「スマホは……あった」

バッグの中からスマホを取り出すと、母からの着信履歴があった。いつもチャットアプリでメッセージのやり取りをするくらいなので、電話をかけてくるのは珍しい。

「なにかあったのかな」

実家に電話をかけると、すぐに母が出た。いつも通りの口調だったが、彼女は予想外のことを口にする。

『沙羅、楽人君と喧嘩《けんか》したの？　久々に連絡を受けたら、沙羅に着信拒否されているって言ってたわよ』

「え？　そんなことした覚えないけど……先輩、お母さんたちになんの用だったの？」

『ああ、そうそう。あなた転職したんだって？　どうしてお父さんに相談しないの。楽人君がすごく心配してたわよ。できれば沙羅に戻ってきてもらいたいって』

この年になってまで転職を親に相談しろと言われるのは、少々嫌な気持ちになる。彼らは鷹尾から聞いたのだろう。沙羅の転職先にライナスがいることを。

――はっきり言わないのは、私に理由を説明できないからだわ。私が昔のことを知っているなんて思わないものね……。

「お母さん、私ももう子供じゃないから、そんなに心配しなくていいよ。ごめんね、いろいろ心配させて。子供の頃の誘拐事件、トラウマとかないから大丈夫。もう気にしないで」

『っ！　……沙羅、あなた思い出したの？　それなら、あなたの転職先の社長さんも……』

「うん、大丈夫。もう大人だから、心配されるようなことはないわ」

心配しないでと言っても、両親は心配せずにはいられないだろう。

彼らにはもう二十年以上、余計な心配をかけてきた。それを想うと、これ以上負担になることはするべきではない。

『沙羅、今の仕事じゃなきゃどうしてもダメなの？　私たちは、できればもうあの家と関わってほしくないのよ。娘には平穏に過ごしてほしいの。それにね、あなたにお見合いの話があるのよ』

「え？　お見合い？」

今まで両親がそのような縁談を持ってきたことはなかった。結婚をせっつかれたこともない。

予想外の展開に頭が追いつかないが、母親の声がウキウキしていることから、きっと両親にとっていい話なのだろう。

『別に今すぐ結婚ってことじゃないわ。でも、お会いするだけでもどうかしら？』

二人を安心させるためには、見合いを受けた方がいいのだろう。

――すぐに結婚するわけじゃないなら、一度会うくらい……。

胸の奥がズキンとする。まるで失恋に似た痛みだ。

だが心の声には気づかないふりをして、沙羅は意識的に声を作る。

「……会うだけでいいならいいよ。結婚は考えられないけど」

『ええ、もちろんよ。結婚はゆっくり考えたらいいわ。一度お会いして、良さそうだったらお付き合いして決めたらいいのだし』

母親の嬉しそうな声を聞き、これでいいのだと自分を納得させる。

また連絡すると言われ、二、三言葉をかわしてから電話を切った。

「……これでいいの」

何度もそう呟いても、心の奥が焼け焦げるような気持ちになった。

第七章

月曜日の朝。沙羅は浅い眠りを繰り返していた。

「……また銃声……」

忘れていた記憶が夢の中で繰り返される。

子供の頃の恐怖と不安が鮮明に蘇り、毎朝耳をつんざく銃声で目が覚めるのだ。それは誰が撃ったのか撃たれたのかもわからない。沙羅が撃たれたわけでもなければライナスでもないだろう。

最悪な目覚めだが、仕事に行かなくてはいけない。

いつもより早く目が覚めたので、きちんと栄養のある朝食を摂り、出勤支度をした。

「……正直、会うの気まずいな……」

あれからライナスからは連絡がない。

沙羅が、時間が欲しいと言ったことを尊重して、彼は沙羅から許しが出るまで待ちつつもりなのだろう。しばらく放っておいてくれて助かるが、職場に行けば顔を合わせることになる。

「社内恋愛って大変すぎる……いや、付き合ってないけど」

同じ部署の人と恋愛している人は仕事がやりにくくないのだろうか。

「あ、通知」

スマホに届いたメッセージを開く。母からだった。

「お見合いの日程、もう決まったの？　早くない？」

今週の土曜日は空けておくように、と念押しされた。

「仕方ないか、土日は空いてるって言っちゃったもんね……」

先方が忙しい人なら、相手の都合に合わせるしかない。そもそも、一体どんな相手と見合いをするのかも聞かされていないが。

――下手に情報を仕入れない方がいいかもしれないしね。多分お母さんは気に入っているんだろうな……声が弾んでるもん。

朝から何度目になるかわからない溜息を吐いて、オフィスに出社した。

ライナスに会うのが気まずいと思っていたが、彼は午後から出社するらしい。午前中は不在と知り、詰めていた息を吐いた。

――よかった、変に意識せずに済んで。

どっさり溜まったメールを処理し、頼まれていた仕事をこなしていく。他部署からの問い合わせに答えたりして仕事に集中していたら、あっという間にお昼の時間になった。

デスクで食べるのは気が進まない。オフィス付近のお店で済ませてしまおうと、財布とスマホを手に取り席を立つ。

同僚に昼休憩に入ることを告げた直後、部屋にライナスが入ってきた。

「お疲れ様です、社長」

同僚の声に続き、沙羅も「お疲れ様です」と声をかける。

スリーピースのスーツを纏ったライナスは、普段通りの表情だった。泣き顔なんて嘘みたいに、にこやかな微笑を浮かべて社長室へ向かう。

いつもなら沙羅と目を合わせるが、目の前を通り過ぎたライナスは一度も沙羅と視線を合わせなかった。そのことに、胸に針が刺さったような痛みを覚える。

「夏月さん、お昼外に行くなら早く行った方がいいよ。エレベーター混んじゃうし」

「あっ！　そうですね、ありがとうございます。お昼行ってきます」

同僚の言葉に頷き、足早にエレベーターホールに向かった。同じく昼休憩に入る社員の多さに少しだけげんなりし、混雑しているエレベーターに乗る。

思い出すのは先ほどのライナスの表情だ。社交的な笑みを見せていたが、あれは不特定多数に見せる顔だった。沙羅とは目も合わせなかったことに、自分でも驚くほど落ち込んでいる。

――勝手すぎるな、私……。ライに特別扱いされたいと思っていたなんて、気づきたくなかった。

今まで社内では他の社員と同じ扱いを受けていると思っていたが、違ったのかもしれない。些細なことも気にかけてくれていたのだと、今になってようやくわかった。

突拍子もないことを言われるのは困るが、ライナスが微笑みかけてくれるのが嬉しかったのだ。社内で「沙羅さん」と呼ばれることも、プライベートの時間に「沙羅」と呼ばれることも。いつの間にか慣れてしまって、特別だと感じることもなかった。

気づくと、沙羅はライナスのことばかり考えている。

先ほどすれ違っただけだが、彼のスーツ姿はとてもかっこいいし、プライベートの姿とは違った魅力がある。髪の毛をきちんとセットしていると凛々しさが増して見えた。

――こんなにライのことばかり考えているなんて。泣かせたことへの罪悪感もあるし……すぐにでも仲直りしたくなるとか、嫌になるわ……。

ぐらついていた天秤は、もうライナス側に傾き切っている。

気持ちに蓋をして気づかないふりを続けても、いつかはその気持ちが溢れてしまう。

どんな気持ちが混ざっていても、ライナスが沙羅を想ってくれていることに変わりはない。

それを沙羅がどう受け止めるかだ。

きっと彼の気持ちを素直に受け入れて、なにも考えずにあの胸に飛び込めたらいいのだろうが、大人になってしまった自分には現実的な考えを放棄できない。

――好きの感情だけで突っ走れるのは、若いときだけなんだわ。アラサーには無理。それに、好きになってしまったからこそ、これ以上関わるべきでないのかもしれないとも思ってしまう。

ライナスはいい加減沙羅から解放されるべきなのだ。二十年以上も一人の少女に執着し、想い続けるなんて並大抵のことではない。

きっと彼のご両親も、沙羅のことは忘れて自分の人生を歩んでほしいと思っているだろう。息子がまるでストーカーのような行為をしていたと知ったら卒倒してしまうに違いない。

――偶然を装った出会いを企てたなんて、私、いつから見られていたのかわからないけど……全然気づかなかったわ。

誰かに自分の行動を見守られていたというのは、ホラー話に聞こえる。ボディーガードがいるのが当たり前のような特殊な家庭環境であれば気にしないだろうが、一般家庭で育った身としては心構えができていない。

だが何故だろう。彼が陰ながら見守ってきたかもしれないと気づいても、ライナスに対して嫌悪感が湧いてこない。好きな相手にそれほど想われていたのだと気づき、不思議な安心感をもたらされるだけだ。

そう思ってしまう時点で、沙羅はもうどうしようもないほど彼に惹かれているのだ。

会社からほど近いレストランに入り、ランチセットを注文しても頭の中はライナスのことでいっぱいだ。

——お昼ごはん食べたかな。午後から外出だっけ。休憩時間はちゃんととれるように時間調整しているけど……あ、取材の原稿チェックもお願いしているんだった。今日中に確認できるかしら。

サラダとパン、ビーフシチューがテーブルに並べられる。

「ごゆっくりどうぞ」

店員に声をかけられた瞬間思考が中断したが、おいしいごはんを食べ始めると、ふたたび頭の中は彼のことばかりになる。この数か月間、ライナスと何度も食事を摂ったことも思い出してしまった。

——私の部屋でお惣菜を食べたのがすごく昔のことみたい。ついこの間のことなのに。

ここのビーフシチューもおいしいのに、何故だか味気なさを感じてしまう。一人で食事を摂ることには慣れていたはずが、ライナスがいないことを無意識に寂しいと思っているのだろうか。

——あの夜、あのまま抱かれていたらこんな風に悩まなかった？　なにが真実でも、どんな理由でライが私に構っていても、ずっと傍にいたいという気持ちだけで受け止められていたら。

ライナスに触れられることは嫌ではない。だが、もし抱かれていたら今よりもっと傷ついたかもしれない。

――あれ、私傷ついているの？　ライが私を好きじゃなかったかもって？

食事をする手が止まる。今まで彼の気持ちを疑っていたのだろうかと思ったが、疑う気持ちはなかったはずだ。なにせこちらが恥ずかしくなるほど、ストレートに愛を囁いてくるから。

だが、真相を聞くとその気持ちに別の感情が交ざっているのではないかと気づき始めた。彼が愛だと思っているものは、罪滅ぼしのために生まれているのかもしれない、と。

――でもそんなのって、私がこんなに考えても答えなんて出ないよね……本人にしか本当の気持ちはわからないわけだし。私は彼が好きだけど、私に縛り付けたくないと思うのは、私のエゴでしかないんじゃ……。

本人の感情を決めるのはライナスだ。沙羅ではない。

とはいえ、沙羅に指摘されたことで、ライナスが自分の感情は錯覚だったと気づけば、この関係は終わる。恋愛感情でも愛情でもなく、親愛として片付けられるだろう。そうしたら二人はきっと、昔馴染みのよい友人として、時折メールをして近況報告をするくらいの関係になるのだ。

もしもライナスが自分の感情に嘘も偽りもなく、罪滅ぼしのためだけに沙羅を幸せにしたいわけでもなくて、心から沙羅が欲しいのだと願ってくれたのなら。今までごちゃごちゃ考えてきたものをすべて捨てて、安心して彼の胸に飛び込むことができるだろう。

――……私はライが好き。彼とこのまま離れることになったら、きっと何年も引きずると思う。でもライには幸せになってもらいたいから、彼が選んだ道を受け止めるのが一番いいんだよね。

　正直、記憶を消せば愛してくれるのかと言われたときは唖然とした。なにを言っているのだと理解できなかったが、それほどまでに自分のことを考えてくれていたのだと思うことにする。極端な発想が怖いけれど。

　――辛い記憶を消すセラピーってなんなのか調べてなかったけど、やめておこう。きっとライのことを思って、ご両親が設立したものかなにかだろうし。

　幼い息子を誘拐されてトラウマを与えられたら、楽にしてあげたいと思うのが親心だろう。沙羅の両親が海外旅行の話題を一切出さず、彼らも海外に行かなかったのも、一体なにが引き金となり沙羅の記憶が蘇るかわからなかったからに違いない。

　そう思うと、両親には随分気を遣わせていたのだと実感する。これから思う存分海外旅行を楽しんでもらいたい。

　それに、今までのんきに生きてきた自分と違い、ライナスはすべてを覚えているままで誰とも辛い記憶を共有できずに生きてきた。そんな彼の方が辛いことも多かったのではないか。

　そして、記憶を消すセラピーをいつでも受けられる立場にいたのに、それをしなかった理由は、ずっと沙羅を見守ると決めていたからだろう。

　彼ははっきりと、沙羅を幸せにしたいと言った。ライナスは遠くから、沙羅が幸せに暮らしているかどうかを見守ってきたから、記憶を消すことを選ばなかった。二十年以上もずっと沙羅のことを覚えていて、幸せを願い続けてくれるなんて並大抵のことではない。

執着とも呼べる気持ちがずっしり重いが、自分の気持ちに気づいた今では、嫌だとは思わなかった。少し困るけれど、逃げ出したいような恐怖はない。

——私はライに幸せになってほしい。彼が選んだ道を尊重したい。それでお別れになってしまっても、きっと仕方ないと納得できる。私たちは別々の場所で、自分の幸せを見つけたらいい。

結論が出るとすっきりした。ようやく食事を楽しめる。

彼がどんな答えを出したとしても、こちらは受け止める覚悟を持っていればいい。このまま特別な関係はやめて、仕事の関係だけになったらそれはそれだ。

寂しいけれど、ライナスとは元から住む世界が違う。どう考えても海外の資産家の御曹司と同じ空間にいることの方が非現実的だ。

——自分の感情に気づいた後に失恋の覚悟をするって、世の中うまくいかないな……。

食後のコーヒーを飲み、そっと息を吐く。

いろいろとままならないことはたくさんあるが、その最たるものが人の感情だろう。自分自身の感情をコントロールするのも難しいのに、他人の感情をどうにかするなど不可能だ。

自分の正直な気持ちをぶつけて、それで彼がどういう結論を出すのかを待つしかない。

ただ、しばらく距離を置こうと言ってしまった手前、沙羅からライナスに接触するのは虫がいい気がする。まだ二日しか経っていないのだから。

――しまったな、自分から時間が欲しいって言っちゃったけど、これって私からライに歩み寄ればいいのかな？　解消方法まで考えていなかったわ。しばらくってどれくらいのことを言うんだろう。

最低でも一週間はこのままの距離を保つべきか。一か月は長すぎると思う。二週間ほどで自分からアクションを起こさなければ、永遠に気まずいままになりそうだ。

――子供のときと違い、大人になってから誰かと仲直りをするなんてほとんどないから、どう接したらいいのか悩む……。そもそも、喧嘩するほど言い合うこともないし。皆大人だから。

そんなことを考えていた瞬間、テーブルに置いていたスマホが光った。

「あ、璃子《りこ》からだわ」

六月にジューンブライドで結婚をした沙羅の親友だ。高校、大学を一緒に過ごしてきた。幸せそうな彼女からブーケをもらい、自分も幸せになりたいと思ったのを思い出す。

届いたチャットアプリのメッセージには、新婚旅行で買ってきたお土産を渡したいと書かれてあった。予定を訊かれたのでいつでも大丈夫と返すと、今はお昼休み中かと問いかけられた。

一人でランチをしていると返信後、璃子から電話がかかってくる。

「わっ、びっくりした」

周囲を窺うが、店内はざわついていた。静かに話す分には迷惑をかけないだろう。

数か月ぶりに話す友人は、朗らかな声で沙羅の近況を訊いてくる。

『そういえば転職したんだって？　おめでとう〜お祝いしなきゃね！　でも急にどうしたの？　鷹尾先輩の会社にずっといるんだと思ってたよ。なにかあった？』

「うーん、ちょっと他のこともしたくなって……」

沙羅の声からなにかを感じ取ったらしい。なにか悩みでもあるのかと、単刀直入に尋ねられる。

彼女は昔から勘が鋭い。沙羅がなにかを思い悩んでいると、すぐに見破られるのだ。

――そんなにわかりやすい声してるかな？

自分では気づかない変化を感じ取ってくれる友人に感謝しつつ、過去の誘拐事件には触れないように気を付けながら、この数か月に起こったライナスとのことを話し始めた。彼に惹かれているけれど、距離を置いていることを。

「……だから、私は彼が決めたことに従おうと思ってる。彼の幸せを尊重したいし、そこに私が不要だったら寂しいけど、仕事の関係に戻るだけ。でももし私を必要としてくれるなら、一緒にいる覚悟が生まれるかなって」

氷が溶けた水を飲んだ。今までこのような恋バナを友人としたことがないと気づく。

――そういえば今までは私が聞く側だったわ。

自分の話を聞いてもらうのは少々気恥ずかしいが、言葉にするとすっきりした。

が、スマホ越しに聞こえたのは、呆れたような溜息だった。

『はぁ〜〜、あんたさ、それマジで言ってる？』

「え？」

『なんでそんなに受け身なの？　相手の決定に従うって、なによそれ。彼の幸せを尊重したいから、私は身を引く覚悟もあります、っていつの時代の話よ？　大昔の身分制度なんかがあったら、まあ理解できるわよ。でも今はそんなの関係ないでしょ。相手がどうこうより、沙羅がどう想っているのかが重要じゃない。自分の幸せを摑むのはね、結局は自分でしかないのよ！』

「璃子……」

こんな風に怒られたのは初めてだった。思わずドッキリする。

思えば彼女は、夫となった男と交際中に何度も別れと復縁を繰り返していた。けれどやっぱり好きなのだと、互いが互いを認め合い尊重できる関係へと発展し、晴れて結婚に至ったのだ。

どちらかが我慢をするような関係では幸せにはなれない。遠慮をするような相手に本音が語れるだろうか。

『恋愛に臆病になる気持ちはわかるよ。でもさ、傷つくことを恐れて防衛線を張って、欲しいものに手を伸ばさないなんて愚かだと思う。もし本当に相手が沙羅のもとを去って、バイバイってなったら、沙羅はそれでも手を伸ばさないの？　本当に後悔しない？　相手が追いかけてほしいと思っていたとしても。それができないなら、本気の恋なんかじゃないんだよ』

親友の言葉が刃のように刺さった。

追い縋ることもできないなら、相手のことを本気で好きではないのだという。そうなのだろうか。でも、傷つきたくなくて、ライナスがそう言ったから受け入れるだけなど、確かに受動的すぎるのかもしれない。

——私はなんでこんなに受け身だったんだろう？

『恋はさ、綺麗なことばかりじゃないんだよ。自分の弱さやずるさにも気づかされる。それを全部含めて、恋なんだよ。沙羅はそんな嫌な自分から逃げたいだけなんじゃないの？　相手をずるくさせて、自分だけは表面しか見せないなんてフェアじゃないと思う。お見合いだってそうだよ、どうしてそこでお見合いしてもいいかってなるのよ！　沙羅のお母さんもタイミング悪すぎ……今すぐ断るべきよ』

「うん……本当に、返す言葉もないわ……」

お見合いに関しては、もう断るのは難しいだろう。会うだけ会うと言ってしまったのだから、今断れば相手にも両親にも迷惑がかかる。

『そうやってどっちつかずの態度こそ、見合い相手に失礼だと思うけどね。距離を置きたいと言った矢先に他の男と会うことを了承するなんて』

「それは本当に、その通りだと思う……私が考えなしに従ってしまったから。相手に失礼だよね……ちゃんと誠心誠意謝ってくる」

会う前から断ることを決めている時点で見合いは成立しない。自分がダメな人間すぎて、口から重い溜息が出た。

「璃子が言うように、私自身もっと自分とも彼とも向き合うべきだった。相手がこう言ったから従うなんて、責任放棄もいいところだわ。自分で納得いかないことには絶対従いたくないと思っていたのに、楽な方へ流されそうになっていた。私がどうしたいのかが大事なのに」

『まったくだよ！　今ならまだ間に合うんだから、ちゃんと彼と向き合って後悔しないでね！　彼が好きなんでしょ？』

「……うん。好き」

傷つく覚悟を決めてでも、ライナスと向き合うべきだ。手を取りたい人は、ライナスしかいない。

「璃子、ありがとう。私間違った方向に行くとこだった。彼ともきちんと話し合ってみる」

『うん、幸せを摑むのは自分自身だってこと、忘れちゃダメよ』

逞しい言葉に笑みが零れた。沙羅とライナスの間には、まだまだ会話が足りていない。

しっかり話し合って、その上でどちらも満足のいく未来を選ぶ。

ライナスと向き合った後も彼と一緒にいたいのならば、どうしても彼が欲しいのならば、はっきり欲しいと伝えなくては。

一番大事なのは自分の気持ちだ。両親はライナスと関わるのを反対するだろうが、彼らが悲しむからとか、そんな言い訳を作って逃げることはしたくない。

通話を切ると、気持ちが前向きになってやるべきことが見えた。

――ライと話したい。でも今日は忙しそうだから、都合を見て連絡するか。

「あ、そういえばさっきお見合い場所の連絡も来てたな……お母さんったら仕事が早い……。相手にはちゃんと顔を見て謝ろう」

見合い会場となる場所は、母が以前から行ってみたかった料亭らしい。

料亭の一室でお見合いをするだなんて、本格的すぎて気が引けそうだ。

文面から、母は乗り気で楽しそうなのが伝わってくるが、結婚を強要してくる人ではない。

沙羅は一人っ子だが、アラサーになっても結婚を急かされたことは一度もない。そういうプレッシャーをかけてこない両親には感謝しているが、彼らはきっと娘には平凡でいいから頼りになる旦那を見つけて、家庭を築いてほしいと思っているだろう。

振袖はやめて、オシャレなワンピースを着ていくと書いて返信したが、果たして母は納得するだろうか。

――私がするべきことは、お見合い相手にちゃんと謝る！　それでライナスと向き合って、話し合う！

この二点を決意し、沙羅は午後の仕事へ戻ったのだった。

◆◆◆

「やっぱりお見合いなら振袖よね！　成人式の一度しか着ないなんてもったいないもの。せっかく買ったんだから、活用しなくちゃね〜」

「ええ……ちょっとさ……」

「よく似合っているわよ〜沙羅は色白だし、明るい色が似合うわね！」

ウキウキしている母と違い、沙羅の語彙《ごい》は死んでいる。

嬉しそうな母を見ながら、沙羅は内心深く息を吐いた。

——何故振袖……私、断ったよね？　あの連絡が来た時点ですでに決定事項だったとかひどい……。着付け代は払ってくれたけど。

鏡に映る姿は、八年前の成人式と同じ振袖なのに、印象は随分異なっていた。髪型をアップにし、プロにメイクをしてもらったのは同じだが、あの頃のようなキャピキャピ感がない。

沙羅が着ているのは、薄紅色の総絞りの振袖だ。数年前に亡くなった沙羅の祖母が成人式のために購入してくれたものだ。辻が花染めの伝統的な振袖は、正確な値段は聞いていていないが百万以上していた。それを一度しか着ないというのは、母が言う通りもったいないと思う。

——でも現代人に振袖を着る機会なんて、滅多にないし……。友人の結婚式に着て行こうかと思ったけど、悪目立ちしたくなくて結局着なかったなぁ。

祖母が購入してくれた振袖をふたたび着ることができたのは嬉しいけれど、気の乗らない見合い会場に着て行くのは少しもったいない気もする。食事をする場で汚れないといいが。トイレに行くのも一苦労になりそうだ。

鏡の中の自分をふたたび見つめる。毛穴が消され、肌の血色もよく見えた。

つけ睫毛をつけたメイクは普段よりも濃いが、きちんと品を感じられる仕上がりになっている。プロの技術は素晴らしい。

美容室で着付けが終わり、外に出るまで溜息ひとつ吐くことができなかった。接客してくれている美容師には、沙羅の憂鬱《ゆううつ》など無関係だ。にこやかに笑顔を浮かべ続けていたため、すでに表情筋が引きつりそうになっている。

見合い会場の料亭に向かうタクシーの車内で、母は浮かない顔をしている沙羅に話しかけた。

「結婚したら振袖なんて着られないんだから、これがラストチャンスかもしれないのよ？　でもいつか沙羅に娘が生まれたら、この振袖着て成人式に行けたらいいわよね」

「それは気が早いと思う……」

着慣れなくて苦しくても半日くらい我慢はできそうだが、気力がゴリゴリ減っていく。それに、ここまで本格的にする必要がある相手なのだろうか？　と不安が湧いてきた。

――はあ、どうやって断ろう。それに未だに誰とお見合いするのか知らないし……。さすがに前情報がなさすぎて会話の糸口が見つからないと思ってお母さんに訊いたのに、何故か教えてくれなかった。ちょっと怪しすぎない？　なにか隠している？

いつもはこちらが尋ねなくてもペラペラ話してくるが、センシティブなことだと思っているのだろうか。

いや、単純に面白がっているだけだろうなと思い至り、我慢していた溜息を吐いた。

「もう、自分でお見合いしてもいいって言ったんでしょ。溜息なんて吐いたらお相手に失礼よ」

「そんなの当たり前でしょう、人前でしないわよ……。ただ、こんなに本格的にしなきゃいけない相手と会うのかと思うと、気が重すぎる……。話題がなくなったら間がもたないんだけど？　あとは若いお二人で～とかお約束なこと言うのやめてよね」

「ええ～それ言うタイミングを見計らわないとと思ってたのに。言っちゃダメなんてつまらないわ」

「じゃあ私一人でいいのに……わざわざお母さんたちまで参加しなくても」

「それは嫌よ。せっかく相手の方が、前から行きたいと思っていたお店を予約してくれたんだし。は～楽しみね！　どんなお食事が出てくるのかしら」

やはり完全に楽しんでいる。沙羅はもうなにも言うまいと思った。

――結局一週間、ライとは仕事以外の話ができなかったな……。

窓の風景を見つめながら、この一週間を振り返る。

自分の気持ちを認め、改めてライナスの傍にいたいと思ったが、彼との時間を作ることはできなかった。

今までは平然と社長室に呼び出し、休憩時間中にプライベートな話をしてきたのがパタッとなくなった。

来客続きで仕事が忙しいことを知っているから、こちらから時間をとらせるのも悪いと思って、あっという間に一週間が過ぎてしまった。もどかしいことこの上ない。

――せめてお見合いすることは、事前に伝えた方がよかったかな……ちゃんと断るつもりだとも。いや、でもそんなの言われた方が困りそうだし……。

嫉妬させたいのかと怒られるかもしれない。けれどライナスの怒り顔より、悲しむ顔が思い浮かんだ。以前のように目の前で泣かれてしまったら、こちらの胸も痛みそう。

いろいろとやりすぎなことは多いが、彼は優しい人だ。そんな人を悲しませることは沙羅の良心が痛む。

――いくら断るつもりだとしても、ライに黙ってお見合いに行くなんて最悪な女じゃないかしら……。

恋とはまさしく、自分が知らなかった嫌な一面にも気づかされること。キラキラした気持ちだけでは愛を育めないのだろうか。

――会いたいな……職場ではなくて、素の彼と会って話がしたい。それでお互いの想いを確かめ合って、今度こそ私も自分の気持ちを伝えたい。

「沙羅、お父さんもうお座敷に案内されているそうよ」

「……そう、わかった」

美容室から直接店に向かうのは沙羅と母の二人だけ。父とは店で落ち合う予定になっている。

沙羅たちも約束の時間に遅れてはいない。ちょうどいい時間に到着するだろう。

隠れ家風の料亭は格式が高くて、とても一人で来られるような店構えではなかった。政治家や企業の重役が会食で利用するような店だ。

「すごい、めちゃくちゃ和って感じ……緊張する」

「日本庭園の散策もできるそうよ。いいわね～後で行ってらっしゃい」

母が気楽な声で提案するが、初対面の男性と二人で庭園を散策するなど遠慮したい。

――ライだったら喜びそうね。きっと足場が不安定なところは手を繋いでエスコートしてくれて……。

気づくと思考が飛んでしまう。ライナスと歩いている姿が想像され、気をはっと引き締めた。心がそわそわと落ち着かなくて、ポーカーフェイスを作るのが難しい。

「いらっしゃいませ」

着物姿の女性が出迎えてくれる。名前を告げると、個室の座敷に案内された。どうやらすでに相手の家族は着席しているらしい。

――はあ、緊張する……胃の奥がムカムカしてきた……。

慣れない振袖を着ているのもあるだろうが、緊張しすぎて吐き気がしそうだ。

両親は沙羅の意志を無視する人たちではないが、もしその場の空気で交際を迫られたらどうしよう。

だが、自分には好きな人がいるのだとはっきり断るのが今日のミッションだ。自分の気持ちに嘘をつかないのだと決めたのだから。

「こちらです」

案内された部屋の襖《ふすま》が開かれた。

「どうぞ、ごゆっくり。すぐにお茶をお持ちいたします」

「ありがとうございます」

店員の女性に礼を告げ、部屋の中に視線を向ける。

沙羅の父親の正面には、見覚えのある三名が座っていた。

「え……なんで?」

「沙羅」

立ち上がり、名前を呼ばれた。その相手は意外な人物、鷹尾だった。

「振袖着てきてくれたのか。すげー綺麗じゃん！　成人式の写真見せてもらったの思い出したよ。よく似合ってる」

「なんで？　え、なんでなんで？」

びしっとスーツを纏った鷹尾が邪気のない笑顔を見せ、沙羅の装いを褒めたたえる。それを二人の両親が微笑ましそうに見守っていた。

目を白黒させているのは沙羅だけだった。

「ちょっと意味がわからない……」

空いている席に案内される。ありがたいことにこの座敷は掘りごたつだった。慣れない着物を着て、ずっと正座を強いられるのは負担に感じていたので、足が伸ばせるのはよかったが、そんなことよりも……。

――見合い相手って、先輩なの？　だからお母さんたちは嬉しそうだったの？

襖が開き、お茶が出される。すぐにコース料理を運んでくると告げられた。

そして沙羅たち六名になり、沙羅は鷹尾の両親に挨拶をする。

「ご無沙汰しています。お元気でしたか？」

「ええ、おかげさまで変わりないわ。沙羅ちゃんは新しい仕事はどう？　もう慣れたかしら。転職されたと聞いて、楽人がいろいろと迷惑をかけたから愛想を尽かされたのねと思ったのよ。ごめんなさいね」

鷹尾の母がおっとり語る。転職のことは最近になって知ったそうだ。

「いえ、そんなことないです。私がもっと違う挑戦がしたくなったので。ずっと先輩のところにいたら、身内の甘えみたいなものが出てきてしまいますし。自分の成長に繋がらないのではと」

鷹尾に愛想を尽かしたのが半分、そしてもう半分の理由がこれだ。もちろん自分自身へのキャリアアップのためでもある。

——でも、新しいところではライに随分目をかけてもらっているし、結局身内の甘やかしみたいなものは消えていないかも……。もっと私一人でなんでもできるようにならなくちゃ。早く戦力になりたいし。

会社が違えば組織も違うし、業務内容が似ていてもやり方は同じではない。学ぶことが多いのは事実だ。鷹尾の会社にいたときよりも、外国人が多く在籍しているため、語学力も必然的に身に着いてくる。

「そう……でもよかったわ。いきなり楽人が沙羅ちゃんとお見合いをすると言いだしたとき、絶対に断られると思ったのよ。それがまさかお見合いを受けてくれるなんて」

「ちょっと母さん、そのことなんだけど」

「あの、私は相手が鷹尾さんってことは知らなくて」

鷹尾が母を止め、沙羅もつい口を出す。沙羅の両親は確実に知っていただろうが、本人には頑なに言わなかった。

鷹尾がセットした髪を軽く手で乱した。

「……俺が、夏月さんに頼んだんだよ。できれば沙羅には、相手が俺だと伝えないでくれって」

「え、そうだったの？　聞いていないわよ。ねえ、お父さん？」

「ああ、なんで口止めをしていたんだ」

鷹尾の両親二人も、息子の依頼を知らなかったらしい。

鷹尾は気まずそうに、「沙羅に逃げられたくなかったから」と呟いた。

「逃げるって……私逃げてないけど？」

「そうは言っても着信拒否にしてるだろう。全然電話通じないし」

「ええ？　設定変更した覚えないんだけど……あれ？　酔ってしちゃったのかな……。ごめん、後で確認してみるわ」

むしゃくしゃして着信拒否にした可能性もなくはない。記憶にはないが、自分ならあり得ると思ってしまった。

――私のスマホは指紋認証で開くようになっているし、誰かが勝手に弄ることはできないはずだもんね……。まあ、いっか。

そう結論づけて、改めて鷹尾を見つめる。

いつになく気合の入ったスーツを着ている。髪の毛をセットするのもパーティーに出席したときくらいだ。彼の本気度が伝わってくる。

沙羅も、見合い相手が初対面の男性よりも、昔から知っている鷹尾で少しだけ安堵した。

しかし、このような場をわざわざ設けるくらいだ。ただ久しぶりに食事をしたいというわけではないだろう。

——ドッキリの可能性も……あるわけないよね。さっきも見合いって言ってたし。

居心地の悪さを感じながら、沙羅は本題に切り込んだ。

「えと……、そもそもなんで私にお見合いを申し込んだの？　なにかのお祝いで集まったわけじゃないだろうし」

お茶を手に取り一口啜った。喉はまったく潤わない。

鷹尾は盛大な溜息を吐いた。

「……っ！　おま、お前な……わかれよ！」

「おい、女性になんてこと言うんだ。そんな傲慢な態度を取るから沙羅ちゃんが会社辞めたんだろうが」

鷹尾の父が息子に肘鉄《ひじてつ》を食らわせた。

鷹尾は一瞬情けない顔をしたが、表情をキリッと引き締めた。

席から立ち上がり、数歩離れた先で膝をつく。沙羅の両親が見やすい位置で、鷹尾は両手をついて頭を下げた。

「沙羅さんと、結婚を前提としたお付き合いをさせてください。お願いします！」

「……え？」

ぽかん、と口を開く沙羅をよそに、沙羅の両親は満面の笑みを浮かべていた。

「まあ～！　なんて男らしい！　楽人君が沙羅をもらってくれるなら安心だわ」

「そうだな、どこの馬の骨かわからない男より安心だ」

そのやり取りを聞き、沙羅は慌てだした。

「ちょっ、待って！　私結婚なんて考えたことないし」

「わかってる。だから、俺と結婚を前提とした付き合いから始めないか」

「なに言って……」

頭がぐるぐると混乱してきた。

――やっぱりドッキリじゃなかった！　ってそうじゃない、結婚を前提としたって、プロポーズ？　先輩と婚約？

まったく考えたことがなかった。

確かに鷹尾は沙羅の初恋相手ではあるが、今は恋愛感情を抱いていない。彼と夫婦になる未来を描いたこともなかった。

だが、沙羅の両親は見るからにうきうきしている。両親同士も交流があり、よく知っている相手と家族になるというのは、彼らにとっても喜ばしいことなのだろう。

けれど沙羅はもう、自分の気持ちを優先すると決めたのだ。両親が喜ぶからという理由で鷹尾を選んだりすれば、鷹尾にも失礼だし自分にも嘘をつくことになる。誰も幸せになれない道は選択できない。

「急にそんなこと言われても信じられない。先輩は別に私のこと好きでもなかったじゃない。なんでいきなり？」

鷹尾の交際相手を思い出す。少なくとも三名は知っているが、どの人も沙羅とはタイプが違う。

――他に好きな相手がいるのに、女性と後腐れのない交際なんてする？

中にはいるかもしれないが、そういうのは双方にとって不誠実ではないか。それともこういうのが大人の付き合い方なのか。

――私は無理。節操なし！　って思う。

沙羅の目付きがだんだんすわってくる。とてもプロポーズをされた表情ではない。

だが、胡乱《うろん》な表情を向けられても、鷹尾が怯むことはなかった。

「俺は沙羅が好きだよ。心から助け合えるのは沙羅しかいないと思ってる。仲間の誰かに裏切られたとしても、沙羅なら俺を裏切らないって信じてる。それに、沙羅を本当の意味で支えられるのも、あいつじゃなくて俺だ」

あいつとは、ライナスのことだろう。

沙羅が昔の記憶を思い出したことは、母に伝えていた。その母が鷹尾に話したとしてもおかしくない。

昔から沙羅を案じ、なにかと助けてくれたのは鷹尾だった。きっとその背景には、沙羅に起きた事件のこともあったのだろう。彼の優しさは純粋に嬉しかったが、今は心に響かない。

「……私が昔の事件を思い出したから、私を支えられるのは事情を知っている自分だけだと思っているの？　それに今さら好きとか言われても、あんなに交際相手が途切れなかった人の話が信じられると思う？」

　鷹尾の両親が息子を睨みつけた。派手な女性関係は察するところがあったらしい。

「信じられないかもしれないが、俺は沙羅以外の女の連絡先を全部消したし、今は誰とも交際していない。昔から大切にしたい女の子は沙羅だけなんだ。沙羅を幸せにしたくて、経済的に支えられるよう学生で起業して沙羅をうちに誘った。業績は順調に上がっている。沙羅が傍にいてくれることで安心して、ちょっと浮気心が出てしまったのは事実だが、俺が本当に幸せにしたいのは沙羅だけなんだ」

「……別に付き合っているわけじゃないから、浮気心とか言われても……って感じなんだけど」

　鷹尾の女性関係は傍で見ていたからよく知っている。割り切った付き合いを好んでいたのは、本気で恋愛をしていなかったからだろう。相手の女性がどう思っていたかはわからないが、本気でない恋愛ができる人が正直理解できない。

　だが、彼の言葉が嘘ではないことは伝わってきた。起業して、沙羅に就職しないかと誘ったのは事実だ。その背景に複雑な想いがあったことは気づかなかったが、いろいろな経験を積むことができたのは感謝しているし、純粋に楽しかった。

　——清々しいほど、馬鹿でまっすぐなのかも。ちょっと浮気心が出てしまったとか言わなくてもいいのに、隠し事をしたくないってことなのかな。

彼の性格は十分わかっていた。同じ学校に通いだしたのは高校からだが、それまでもよく遊んでいたのだ。一体鷹尾が何歳のときに沙羅の事情を知ったのかはわからないが、幼い彼が子供なりに沙羅を気にかけていたのは事実だろう。

「沙羅が巻き込まれた事件のことは、忘れているならそれが一番いいと思っている。俺だけじゃなく、沙羅のご両親もうちの親も。トラウマを抱え、PTSDに苦しみながら生きるよりも、辛い記憶を忘れて楽しい人生を歩んだ方が断然いい。だから俺は、事件の当事者だった男と沙羅を一緒にいさせたくないんだ」

「だから私と結婚？」

「当然下心はある。沙羅が好きだという感情は嘘じゃない」

今度は彼の母親に、一言余計だとどつかれているが、それも鷹尾らしいなと感じていた。

――ライナスと一緒にいたら、辛い記憶や感情が蘇ってきて私が苦しむと思っているのよね。先輩も、両親も。

しかし忘れていることが本当に幸せなのだろうか。

いつか記憶が戻るかもしれないと、周囲はずっと重荷を抱えたまま生きるのではないか。それこそ、両親も鷹尾家も。言葉選びに気を付け、メキシコの話題や海外旅行についても避けて。

そういえば、今まで鷹尾家が海外に行ってきたという話も聞いたことがなかった。

「確かに、辛い記憶を忘れたままなら幸せかもしれない。でも、それって周囲にいる人たちには重荷でしかないと思う。いつか記憶が戻ったらどうしようって、ずっとどこかで考えながら私と接してきたわけでしょう。自分のことなのに本人は蚊帳の外って、正直理解はできても納得はできない。もちろん、守ってきてくれたことには感謝してる。でも、自分の面倒を自分で見られないほど、私はもう未熟じゃないわ」

「沙羅……」

鷹尾が沙羅の名を呼び、口を閉ざした。

今まで黙っていた沙羅の父が話しだす。

「俺が、あの祭りの日、人ごみに揉まれて沙羅の手を放してしまったからなんだ。全部俺の責任なんだよ……すまない、沙羅」

「あなた……そんなこと言ったら、私がメキシコのお祭りを見たいと言わなければよかったのよ。あなただけの所為じゃないわ」

父が項垂れて懺悔《ざんげ》のように呟いた。母も涙ぐんでいる。

自分が誘拐された経緯までは思い出せていなかったため、初めて両親から誘拐事件について聞いた。背を丸くした父親は、いつもより小さく見えた。

「二人とも、自分を責めないで。私は恨んだりなんてしてないわ。怪我だってしてないし」

「怪我はしていただろう。右耳に無理やり穴を開けられて」

父親がティッシュで鼻をかんだ。

ピアスの穴を思い出し、「それだけだよ」と答えた。内臓だって取られていないし、痛い記憶もないのだから不幸中の幸いだった。ライナスと間違えて攫われたのだとしたら、普通に考えて間違えた子供は処分されてもおかしくなかったのだから。

初めて両親の弱音を聞き、ずっと後悔していたのだと知った。子供の頃から一度も二人のそんな顔を見たことがなかったから、胸が苦しくなる。

――自分を責めて、でも記憶を忘れている娘を気遣って言えなかったんだわ。二人の方こそ、PTSDを抱えているかもしれないのに……。

当事者ではなくとも、関係者も強いストレスに晒され、心の病に罹っていてもおかしくはない。だが、記憶の中の二人は、いつも笑顔だった。気遣ってくれたのだろうと想うと、目頭がジン……と熱くなる。

両親のことを考えると、鷹尾と結婚することが一番いいのだろう。二人もそれを望んでいるし、鷹尾とならたまに喧嘩をしても楽しい家庭を築けるはずだ。

ライナスといればいつかすべての記憶が蘇り、PTSDに悩まされるかもしれない。そんな苦労をするより、辛いことを忘れたまま幸せになれた方がいいではないかと思う気持ちも、親心なのだと理解できるし、鷹尾もそれに賛同している。

もし自分の大事な人が辛い経験をして苦しむことがあれば、すべて忘れられたらいいのにと思うはずだ。それこそキングフォード家が設立した、記憶を消すセラピーを受けさせてやりたいとも。しかしそれは、本人の意思があってこそだ。

沙羅はあの事件の後激しいストレスに襲われて、高熱を出して記憶をなくしてしまったが、今はすべて蘇ってほしいと思っている。まだ断片的な記憶しか戻っていない。

鷹尾の気持ちを受け止めることはできない。

辛い記憶だからこそ、ライナス一人にその経験を背負わせたくない。

互いを支えられるのは、きっと二人だけなのだ。

――両親にも過去から解放されてほしいし、私は過去から逃げたくない。すべてを知った上で、きちんとこれからの人生を歩んでいきたい。

「ごめんなさい。私、好きな人がいるの。相手がまだ私のことを想ってくれているかは、これから確かめないとわからないけど。私は今日のお見合いを断るために来ました。気持ちは嬉しいけれど、受け止めることはできません」

自分の気持ちをはっきり伝えた直後、パンッと襖が開いた。

そこに立っている予想外の人物を見て、沙羅は言葉を失ってしまう。

「……ライ？　え、なんで？」

襖を開けた先に、ライナスが立っている。いつも社内で見かけるのと同じ、スリーピースのスーツ姿だ。髪の毛もしっかりセットされていて、これからどこかのパーティーに向かうような装いだった。

――え、なんでここに？　私、言ってないよね？

目の覚めるような美形が現れて、双方の両親は言葉を失っている。

そんな中、鷹尾だけが平然と呟いた。

「俺が呼んだ。今日沙羅にプロポーズするって」

「えっ？　呼んだっていつ、なんで？」

「沙羅を俺に取られたくないなら、正々堂々奪いに来いよって言ったから」

しれっと悪びれもせず言い放ったが、鷹尾の顔は「本当に来やがった」とうんざりしているようでもあった。複雑な感情が見て取れる。

しかし沙羅にとっては、なんて余計なことをするのだろうという気持ちで、口元が引きつりそうになった。この空気の中でライナスがなにをしでかすのか見当がつかない。

ライナスは沙羅を一瞥《いちべつ》した。緑色の瞳が向けられて、胸がドキッと高鳴る。

「……っ！」

彼は一礼し、先ほど鷹尾が土下座をした場所に膝をついた。

「突然のご無礼をお許しください。ライナス・ヴィンセント・キングフォードと申します。夏月さんには、もう二度と我々キングフォードはあなたたち一家に関わらないと約束しましたが、撤回させてください。私は沙羅さんを愛しています。ずっと彼女が忘れられず、彼女以上に愛しい女性はいません。一生幸せにすると誓います。どうか、沙羅さんとの結婚を認めていただけないでしょうか」

――えええ！

ライナスが深々と頭を下げる。

突如現れた美形が土下座をし、結婚の承諾をもらおうとする状況に、沙羅の両親も鷹尾の両親も置いてきぼりになっているようだった。

なかなか頭を上げようとしないライナスを見かねて、沙羅が彼のもとへ近づく。

「ら、ライ……もういいから顔を上げて……」

ライナスがゆっくり上体を起こした。振袖姿の沙羅を見つめて、「綺麗だ」と甘く褒めてくる。

「なんて美しい。いつもは可愛いけど、今の沙羅はとても可憐でJapanese beautyそのものだ。なんと言ったか……ヤマトナデシコ、だったかな。ああ、他の人に見せたくない。きっと大勢の男が君に跪いてしまう」

「ええ……と、頭疲れすぎてない？　大丈夫？　先輩に巻き込まれたんだよね、ごめんね」

沙羅はこんな風に褒めちぎられることに慣れていない。二人きりのときならまだしも、人前で、しかも両親の前で甘い台詞を吐かれて、沙羅の顔に熱が集まりそうになる。

ライナスは沙羅の両手をキュッと握り、沙羅とその両親に、交互に視線を向ける。

「いいや、私は自分の意思でここに来たんだ。急に乱入してすまなかった。私はずっと沙羅に愛していると言い続けてきたが、君のご両親にも許しをもらう必要があると思ったんだ。元々もう関わらないと約束していたから。私の両親にも、君のことは諦めるようにと言われていたんだけど、無理だった。だって沙羅は私の女神だから……」

「め、女神……？」

雲行きが怪しくなってきたぞ、と腰が引けそうになる。が、ライナスが手を放さない。

「そうだ、沙羅がいたから今の私がある。沙羅がいなければ日本語を習得しようとも思わなかったし、生きる気力を失っていたかもしれない。あの誘拐事件のとき、沙羅がずっと私を励ましてくれていたことが唯一の希望だったんだ。こんなに魅力的に成長し、優しくて可愛らしくて、しかも仕事も早く丁寧でいつも私を気遣ってくれる。君と話せなかった一週間は耐えがたい拷問のような時間だった。沙羅と喋れないなら会社に行きたくないくらい私には君が必要だ。さっきだって体調が悪くないかと訊いてくれただけで私は天にも昇る気持ちだったし君を手放すことなどもうできない結婚してほしい」

「わー落ち着いて！　最後ノンブレスだったよ、すごいね!?」

握られている手を振りほどき、思わずライナスの口を両手で塞いだ。

なんという羞恥プレイだろう。褒め殺しにされてこっちが息も絶え絶えの状態だ。

恥ずかしすぎて、今すぐライナスを連れて逃げ出したくなった。

そんな沙羅の心情に気づいているのかいないのか、父が沙羅に問いかける。

「……それで、沙羅はどうしたいんだ。結婚は親が決めることではない、当人同士の気持ちが一番大事だと思っている。まあ、うちは一人娘だから、正直言うとお嫁に出すのは嫌だが……どう足掻いても親は子供より先に死ぬ。それなら大事な娘を任せられる男を選んでほしいと思っているよ」

「お父さん……」

　やはり親心としては、自分の家庭を持って安心させてほしいというのが本音なのかもしれない。兄弟もいない一人っ子の沙羅がもし頼れる両親を失い、職まで失ったら、路頭に迷ってしまう。

　誰か頼れる人がいるということは、思いのほか大事なことなのだ。

　沙羅は、自分をじっと見つめる二人の男を交互に見比べる。

　鷹尾はいつになく真剣な眼差しで沙羅を見つめていた。

　ライナスの口から手を放し、沙羅は座ったまま鷹尾に向き合う。

「……正直に言うと、私の初恋相手は楽人君だし、いつもたくさんの人に囲まれて面倒見のいい楽人君は私の憧れでもあった。子供の頃からかっこいいお兄ちゃんで、女子生徒の憧れの生徒会長で、大学時代に起業して波に乗ってるベンチャー企業の社長で。すごいなっていつも思っているし、これからも応援したいと思う。就職先の面倒を見てくれたことが、私の過去と関係していたとは知らなかったけど、いろんな経験を積ませてもらえて感謝してる。でも、ごめんなさい」

　沙羅は隣に座るライナスの手をキュッと握った。

「私がずっと一緒にいたいと思うのは、この人なの。私はライと一緒になりたい。彼の背負っているものが大きすぎて、一緒の歩幅で歩けるかはわからないけど、私もライに必要とされる人間でありたいし、支え合うことができたら嬉しいと思う」

「沙羅……」

ライナスが沙羅の名を呼んだ。その表情は、子供の頃に見た、心細そうな少年の顔と重なって見える。今にも泣きそうな感極まった顔だ。

沙羅はにっこりとライナスに笑ってみせた。

「私をライのお嫁さんにしてくれる？」

「……っ！　ああ、もちろんだ。世界で一番幸せな花嫁にするし、一緒に幸せになろう」

ふたたび鷹尾に向き合う。彼はセットしていた髪を乱し、行儀悪く胡坐《あぐら》をかいていた。

「あ〜わかっていた。この男が沙羅の上司をやってるって知った時点で、こんな予感がしてたんだよなー」

盛大に嘆く鷹尾に、沙羅はふたたび「ごめんね」と謝った。

「いや、謝るなよ。余計惨めじゃん……俺だって、沙羅が幸せならそれでいい」

そう言ってくれる人が身近にいるのは、とても恵まれていることなのだろう。鷹尾が許してくれるなら、男女の関係ではなくとも、幼馴染みとしてこれからも彼と付き合っていきたいと思う。

「ありがとう、楽人君」

「めっちゃ久しぶりに沙羅から名前呼ばれたのが振られたときって……切ねぇ」

溜息を吐く鷹尾から視線を外す。

沙羅の両親は、まだ不安そうな顔をしていた。

――仕方ないか、いきなりキングフォードの子息がプロポーズしてきたんだもの。二人にとっても、辛い記憶を蘇らせることになるし、娘が国際結婚をするとは思わなかっただろうし……。

「ライナス君。君は、沙羅を守りきれるのか？」

沙羅の父がライナスに問いかけた。今度こそ、危険な目には遭わせないという約束が欲しいのだろう。

繋いでいる手に力が込められる。

ライナスは沙羅を安心させるように微笑んでから、父に力強く頷いた。

「はい、二度と危ない目に遭わせません。私の命に代えても、沙羅さんを守りきると誓います」

「え……重い。そんな誓いはちょっと困る……」

「沙羅……」

ライナスが切ない声で沙羅を呼んだ。

――なんか極端なんだよね……文化の違いなのかもしれないけど。いや、どうだろう？

沙羅は両親に、もう二度と心配させないと宣言した。

「もう子供じゃないから大丈夫よ。だから、あまり心配しないで。お父さんもお母さんも、私のことよりこれから自分たちの楽しみを考えてほしい。私もたくさん楽しいことを見つけるから」

二人の宣言を聞いて、両親の顔から不安が抜けていく。

母は、「沙羅の選んだ相手ならいい人に決まっているわ」と言い、すぐにイケメンの息子ができると喜んでいた。気が早いにもほどがあるが、ひとまず二人が認めてくれて嬉しい。

「失礼します。お食事は、一名様分追加しましょうか？」

店員が姿を現した。料理を持ってくると言ってから随分時間が経過してしまったが、どうやらタイミングを見計らっていたらしい。

――嘘、聞かれてたかな？　恥ずかしい……！

パパッとライナスの手を振りほどき、沙羅は「ライも食べていく？」と確認した。

「ご迷惑でないなら」

沙羅と鷹尾の両親に確認すると、彼らは快く頷いている。振られた鷹尾もまったく気にしていないようだった。

「それでは、すぐにご用意いたします」

襖が閉じられる。

沙羅は元の席に戻ろうと立ち上がりかけ、体勢を崩した。

「いっ……た……！」

「沙羅、どうした？」

ライナスが慌てて沙羅を支えようとした。

「大丈夫、足が痺れ……」

「足？　どこか痛むのか」

ふくらはぎに触れられて、沙羅は潰れた蛙《かえる》のような悲鳴を上げた。

「ライ君、放っておいていいから。こっちにお座りくださいな。お食事が運ばれてくるのに邪魔になっちゃうわ」

沙羅の母がライナスを手招きした。娘のことは放置している。

「はい、ですが……」

「ただ足が痺れているだけよ。すぐ治るから大丈夫」

気づくとライナスは沙羅と鷹尾の母親たちに挟まれて座っていた。二人とも随分楽しそうに話しかけている。

痺れが消えて自分の席に座りながら、沙羅はその様子を眺めていた。

「そうそう、沙羅、着拒は解除しろよな。振られたからって、意地悪したりしないから」

「あ、そうだった。待ってて、着拒ね。確認するから」

この場に来たときとは真逆の晴れやかな気持ちで食事を楽しみ、見合いは無事に終了したのだった。

◆　◆　◆

両親たちと別れ、料亭の前でライナスと二人きりになった。彼の車の到着を待つ間、沙羅は自分からライナスの手を握る。

ピクッとライナスの肩が揺れた。

「ライ、私、あなたとちゃんと向き合いたいって思ったの。ライが考えていることが知りたいし、私のことも知ってほしい。私たちってまだ再会してそんなに経ってないし、知らないことも多いと思うんだ。だからこれからたくさん、ライのことを知っていきたい」

「沙羅……」

「自分から距離を置きたいって言ったのに、本音を言うと寂しかった。ライが選んだ幸せに従おうって思ったけれど、そうじゃないなって気づいたの。私がライと一緒にいたい。それをライも望んでくれたら嬉しい。それで、お互いが心地いい関係でいられるように、一緒に幸せになれたらいいなって」

ライナスが沙羅のもう片方の手を取った。両手を繋いで向かい合う。

「私も、寂しかった。すぐにでも沙羅に謝って許しを請い、抱きしめたくて仕方なかった。離れている時間が長すぎて、オフィスでもゆっくり話すことができなくて、何度も沙羅の夢を視た。私の世界の中心は沙羅だけがいたけれど、君がそれを望んでいないことにようやく気づいたんだ。私は、沙羅を両腕で抱きしめて閉じ込めるんじゃなくて、こうして君と手を繋いで隣で歩いていける関係になりたい」

今までのライナスは、沙羅の希望をすべて叶えようとするし、沙羅の言葉をすべて肯定してきたが、そうではないのだと気づいたらしい。愛しているから従う、というのは健全ではない。

欠けているところを補い合い、互いを尊重できる心地いい関係になれたらいいと思う。

「ありがとう、嬉しい。二人で助け合いながら一緒にいたい」

ライナスが柔らかく微笑んだ。自然と沙羅にも笑みが零れる。

間もなく、ライナスの車が到着した。隣にはライナスが座り、沙羅の手を握ったままだ。彼の体温が伝わってきて、沙羅の心臓をトクトクと高鳴らせる。

——それにしても、まさかこんなに突然に結婚の許しをもらうことになるなんて思わなかったな……まだ夢みたい。つい数時間前まで、ライとどうやって仲直りしようかと考えていたのに。

そういえば今から一体どこに行くのだろう。

ライナスは沙羅の両親に家まで送り届けると言ったが、果たして本当に送り届けてくれるのかもわからない。

しばらくして車が停まり、目的地に到着した。ライナスがさっと車から降り、沙羅をエスコートしてくれる。

「あ、ありがとう。ライ、ここって……」

「そう、私のマンション」

「送り届けるというのは……」

「言葉のアヤってやつかな」

そういう日本語を一体どこで学んでくるのだ。そして使い方が違う。

沙羅は小さく笑い、ライナスの手を握ったままマンションのエントランスへ入る。

エレベーターが最上階に到着した。一度目は意識がないままだったから、彼の部屋にこうして入ったのは初めてだ。

「このフロア、全部ライの部屋なのね……すごい」

「隣の部屋に気を遣わなくていいのはいいよね。さあ、いらっしゃい」

客人用のスリッパを出され、足元に気を付けながらライナスの部屋に入る。

広々としたリビングは、前回来たときと変わりがなかった。

「ソファに座ってて。なにか飲みたいものはある？」

「ありがとう、なんでも大丈夫だよ。でもその前に、これ脱ぎたいな……」

未だに振袖を着たままだ。背筋を伸ばしたままソファに座っているが、そろそろ楽になりたい。

「え、綺麗なのに脱いじゃうの？　もったいないな……」

ライナスが残念そうに眉を下げた。その表情を見て、彼が随分振袖姿を褒めていたのを思い出す。

「この振袖、気に入った？　私のおばあちゃんが成人式のために買ってくれたものなの」

ソファから立ち上がり、ライナスの前でくるりと回ってみせる。着付けを担当してくれた美容師が、少し凝った形で帯を結ってくれているからそれも見せたかった。

「すごく美しい。芸術的だと思う。着物……これはフリソデ、というのか？」

「そう、この袖が長いのが振袖よ。未婚の女性しか着られないの」

「なんだって？　それじゃあ、沙羅は結婚したらこの振袖を着てはいけないのか」

「まあ、そうなるわね。そもそも振袖なんて滅多に着る場所がないから、私も今日で二回目だし。綺麗に保存しておけばずっと着られるよ」

「なるほど。それなら娘が生まれたら、娘が受け継ぐことができるのか」

「そうなる、ね……」

ライナスが確認したことはなにもおかしいことではないのに、自分たちの娘が着るかもしれないと想像すると、顔が赤くなる。

――子供の想像なんて、気が早すぎるって。それに息子かもしれないし、子供ができるとも限らないし。

沙羅が内心で焦っていることを、ライナスは気づいていなそうだった。彼はじっくり沙羅の振袖姿を堪能している。

「沙羅、写真を撮りたい。脱ぐ前に写真を撮らせてほしい。あとムービーも」

「え？　ええ、いいけど……」

するとライナスが姿を消し、戻ってきたときには本格的な一眼レフカメラを持っていた。

「撮るってそれで!?　スマホじゃないの？」

「画質が違うしスマホと両方使いたい。こちらのカメラでも撮らなくては」

――スタジオを予約して写真を撮りに行くわけじゃないから、このくらいどうってことないって思うべきかな……。

プロに撮ってもらおうと言いだされたら躊躇するが、ライナスしかいないので彼が喜ぶことをしてあげたい。

窓の前に立たされる。逆光ではなさそうだった。

「沙羅、笑って」

そう言われてても、照れくさくてうまく笑えそうにない。顔がにやけそうになるし、写真を撮られる前にメイク直しをしたい。

一眼レフカメラとスマホの両方での撮影会が開始される。じわじわと羞恥心がせり上がってきた。

「～～もう無理、恥ずかしい！　早く終わりにして」

「ええ……じゃあ、次はムービーにしよう。それならまだ恥ずかしくないだろう？」

それならの意味がわからないが、もうさっさと終わらせたい。けれど、ライナスが嬉しそうに沙羅を見つめてくるので、仕方なくもう少しだけ付き合うことにした。

ライナスがたっぷりムービーを撮ってようやく満足した後、振袖を脱ぐことにするが、どう脱いだらいいのかがわからない。どこから手をつけるべきなのか。

スマホを取り出し、検索する。後ろからライナスが覗き込んできた。

「どうしたの？」

「脱ぎ方がわからないなって。……あ、広いところで脱いだ方がいいのね。ここじゃ落ち着かないからどこか部屋をお借りしていい？」

「もちろん。おいで」

ライナスに手を引かれる。声が甘く響いた。

そういえば、脱いだ後、どうするのだろう。なにもしないなんてことはないだろう。

――どうしよう、ドキドキしてきた。もしかして、今日ライに抱かれるのかも……。

シャワーは浴びるのだろうか。できれば浴びさせてほしいし、メイクを落としたい。慣れないつけ睫毛も外したい。

そんなことを考えているうちに案内されたのは、ライナスの寝室だった。

「着物って、脱いだ後はハンガーにかけたりするのかな。確かここのクローゼットに、なにに使うのかわからない大きなハンガーがあってね」

そう言いながらライナスがクローゼットの扉を開けた。予想通り、ウォークインクローゼットだ。彼の姿が完全に見えなくなり、次に現れたときには見覚えのある着物ハンガーを持っていた。

――なんでもあるなぁ……前の人が置いていったのかも。

お礼を言い、脱ぎ方をネットで検索する。まず初めに手を洗うと書かれていたので、両手を洗ってから作業にかかった。

帯締め、帯揚げに小物などを取り、なんとか帯を外す。それらを着物ハンガーにかけ、腰紐と伊達《だて》締めを解くとようやく振袖を脱ぐことができるが、先ほどからライナスが両腕を組んでじっと見つめているのが気になり手が止まった。視線が熱い。

「ライ……あんまり見つめられると恥ずかしいんだけど」

「……撮影ができないから私の目に焼き付けておこうと思って。それに、早く沙羅を抱きしめたいのを必死に我慢しているんだ」

「が、我慢って……だから腕組み……」

振袖を脱いだら、長襦袢《じゅばん》姿になる。早く脱いで楽になりたいと思っていたが、薄手の衣だけになると、心もとない気持ちになってきた。

ライナスが振袖をハンガーにかけるのを手伝ってくれる。沙羅の方を向いた彼は、長襦袢の腰紐に手を伸ばした。

「手伝ってあげよう」

器用な手つきで紐を外し、あっさり長襦袢のあわせが解かれる。

「わ……っ」

「なんだかギフトのラッピングを解いているみたいだ。すごくドキドキする」

足元に長襦袢が落ち、上下が分かれていないスリップタイプの肌襦袢姿になる。その下にはアウターに響かない普通の下着を身に着けていた。準備する時間がなく、和装下着まではでは用意ができなかったのだ。

――心臓が激しい……うるさいほどドキドキしてる……。

ライナスと向き合っているだけなのに、まともに目を見られない。

恐らく今夜は帰宅できないだろう。このままライナスの部屋に泊まり、彼においしくいただかれるに違いない。

焦げてしまいそうなほど熱い視線で見つめられて、沙羅は視線を彷徨わせながら問いかけた。

「あの……ライ、なにか着替えを貸してくれる？」

「もちろんだ。沙羅のために用意していた服もある。でも、私は今、この魅惑的な沙羅のボディに触れたくてたまらないんだが」

肌襦袢のあわせが解かれた。白いブラジャーとショーツが見え隠れする。

「あ……、ライ……」

「沙羅、全部見せて？　沙羅に触れる許可が欲しい」

指先が触れるか触れないかの距離で、ライナスが手を止めた。

沙羅は少し硬くて男性的な手に自分の手を重ねた。そのまま手を頬に持っていき、彼を見上げる。

「ライに触れてほしい。ライ以外には触れてほしくない」

「……ありがとう。私も、沙羅以外には触れてほしくないよ」

腰に腕が回され、横抱きにされた。

そのまま、少し離れたところにあるライナスのベッドにそっと寝かされる。前回来たときに寝かせてもらったベッドだ。上質なマットレスは沙羅の愛用するベッドより断然寝心地がよく、程よく眠りを誘ってくる。

だが今は眠気よりも、自分を見下ろす人に食べてもらいたくてたまらない。

「抱きしめてほしい……」

「喜んで」

両手を上げて彼を求めると、ライナスはとろりとした微笑を浮かべ、沙羅の横に寝そべりギュッと抱きしめてくれた。

ライナスの胸元に顔を寄せる。彼の香りが鼻腔を柔らかくくすぐった。

いつの間にか、ライナスの香りを嗅ぐとほっとする自分がいる。

抱きしめられたままの体勢で、ライナスに話しかける。

「……ライ、この間はごめんね。私、過去のあの日の出来事は多分、全部は思い出していないんだと思う。でも、たとえ全部思い出しても、私は自分の記憶を消したいなんて思わない。だって記憶を消してしまったら、励まし合ったライとの記憶も消えちゃうじゃない。そんなのは嫌だよ。もし私が過去の事件に魘《うな》されることになったとしても、きっといつか乗り越えてみせる」

至近距離でライナスを見上げる。

ライナスは困ったように眉を下げて、くしゃりと笑った。

「そうか……やっぱり沙羅は強いな」

「そう？　言われたことないけど」

強いのは、辛い記憶を持ったまま沙羅を思いやれるライナスの方だ。再会したときから優しくてかっこいいままだ。

ふいに、沙羅の脳裏に、涙を浮かべた幼いライナスが笑いかけ、沙羅を抱きしめた映像が浮かんだ。

すごく可愛い男の子だった。ビー玉のような綺麗な目の色をしていて、見惚れていたのを思い出す。言葉は通じなかったけど、繋いだ手は温かかった。

「子供の頃は可愛かったのに、大人になったら……っていう話はよく聞くけど、ライは想像通りに成長したね。素敵すぎて憎らしい……」

「え？　どういう意味かな。褒められたのに貶された気がする」

くすくす笑いながら、ライナスは沙羅をふたたびギュッと抱きしめる。その手がさわさわと沙羅の背中を撫でて、徐々に下へと移動した。

不埒な手が沙羅の柔らかな双丘へたどり着く。丸みを確かめるように撫でられて、鎮まっていた熱が胎内に集まりそうだ。

「ン……ッ、ライのエッチ」

「うん、沙羅限定だよ。たくさん撫でて触れて可愛がりたい。沙羅に逃げられたときはこの世の終わりかと思った。こうしてまた戻ってきてくれて嬉しい。幸せだ」

「そんな、大げさな……んっ」

ころん、と仰向けにさせられた直後、ライナスに唇を奪われていた。

彼とのキスは何度目だろう。キスをされると、身体から力が抜けて軟体動物になってしまう。気持ちよくてたまらない。頭がふわふわして、なにも考えられなくなっていく。

「あ……っ、ふぅん……」

ぴちゃぴちゃと唾液音が響く。粘膜が合わさり、舌を絡め合うのが気持ちいい。

どちらのものともわからない唾液が口の端から零れ落ちた。ライナスの舌先が、零れた唾液をすくって舐める。

「ひゃ……っ」

「沙羅……可愛い、甘い、食べちゃいたい」

ライナスが語彙力を失っている。ちらりと見上げると、彼の瞳は情欲に濡れていた。いつもは思慮深く優しい色を宿しているのに、今は隠しきれない熱を秘めている。

うっすらと目元が赤い。唾液で濡れた唇もセクシーだ。

ライナスは沙羅をまたいで膝立ちになり、そのままスーツのジャケットを脱いでベストも床に落とした。荒々しい手つきでネクタイを首元から引き抜き、片手でシャツのボタンを外している。

そのひとつひとつの仕草から目が離せない。

——ライがエッチだ……。

彼の色香に酔うのは初めてではないはずだが、まだまだ免疫がついていないらしい。なんだかいけないものを見ている気にさえなってくる。

シャツを脱ぎ去り、すべての衣服をポイっと床に落とした。そのスーツ一式、とてもいいお値段がするはずなのに、彼にとっては普段着の感覚なのだろう。皺になろうが気に留めないらしい。

下着姿になったライナスが、沙羅に覆いかぶさってくる。

「沙羅、全部見せて？」

「ひゃ、い……」

クラリと眩暈がした。至近距離で彼の色香にあてられてしまったようだ。

ふわふわした心地でいる間に、ライナスが沙羅の下着を脱がせてくる。今日に限ってフロントホックのブラジャーを身に着けていたが、彼は難なくパチンと外してしまった。

慣れた手つきだった。これは相当女性の服を脱がしてきたに違いない。

そんなことを考えて意識を逸らそうとするが、ライナスの手はするすると沙羅の肌を暴いてしまう。

「……っ！　ぜ、全部脱ぐの……？」

ライナスの手がショーツの上で止まる。指をクイッと布地に引っかけているので、いつ下ろされるかわからない。

「服を着たままはあまり好きではないかな。ちゃんと沙羅のすべてを愛でたい。全部見せてほしい」

――キラキラした笑顔で言うことが、全裸を見せてだなんて……！

「せ、せめてシャワーを……」

「ダメ。我慢できない。後で一緒に浴びよう」

「一緒に……!?」

――無理無理無理、ハードルが高い！

覚悟を決めたはずなのに羞恥心が消えない。まだ夕方にもなっていないのだ。日が暮れていない部屋ですべてを曝けだして抱かれるのだと思うと、口から心臓が飛び出そうだ。

「沙羅、これを脱がないと気持ちよくしてあげられない。それとも、これの上から舐めて吸って、ドロドロにしてあげようか」

ショーツをクイッと引っ張られた。

ライナスの口から卑猥な表現が出るのも慣れないが、ショーツの上から舐めて吸われるのを想像すると、それもどうかと思えてくる。

――経験がないからわからない……！　パンツをべちょべちょにされるのは普通のことなのか、マニアックなことなのか……！

生憎スマホがないため、検索することもできない。沙羅が返事に困っている間に、ライナスがするするとショーツを下げてしまった。

「残念、時間切れだ」

「……ッ！　ライッ」

沙羅の膝を立たせて、ライナスがしっとり濡れた場所に顔を近づけている。キスだけで感じていたらしい。ライナスの舌先で触れられただけで、くちゅりとした粘着音が響いた。

「ぁあ……」

肉厚の舌が何度も敏感な皮膚を舐めては、蜜口に強く吸い付いた。じゅる、と沙羅が零した蜜を吸われている。強い刺激と淫靡な音が沙羅の熱をさらに上げていた。

——恥ずかしいのに、気持ちいい……。お腹の奥が、熱い……。

胎内に熱が籠り、下腹の奥が疼いている。先ほどから子宮がキュウッと収縮しているようだ。本能がライナスを求めているのだろう。早く彼を奥まで迎え入れたいと。

「沙羅……」

「……ッ！」

そんなところで名前を呼ばないでほしい。

ライナスは顔を上げることなく、控えめな蕾をひと舐めした。

「あ……っ」

ビクン、と腰が跳ねた。些細な刺激にすら身体が反応してしまっている。

肉厚な舌に花芽をざらりと舐められた直後、ライナスにきつく吸い付かれた。

「あぁ――っ」

強すぎる刺激が沙羅を襲う。

ビリビリとしたなにかが背筋を駆けた。呼吸が荒く、身体から力が抜けていく。

「軽くいったかな。沙羅、気持ちいい？」

――気持ちいい？

深く考えることなく、沙羅は頷いた。多分今の感覚は、気持ちいい、というものだ。頭も身体もふわふわして、自分がどこにいるのかわからなくなる。

「よかった。もっと気持ちよくなろう」

ライナスがふわりと微笑んだ。そのあまりの妖艶さに、彼を見つめているだけで愛液が零れてしまいそう。

とぷ……とまた蜜が溢れた。散々彼に舐められたのに、まだ止まらないのが恥ずかしい。

「沙羅、恥ずかしい？」

顔が赤くなっているのがばれているのだろう。沙羅は素直に恥ずかしいと認めて、ふたたび頷いた。

「そう、じゃあもっと恥ずかしくなろうか。大丈夫、痛いことはしない」

頭がぼうっとしていても、ライナスの言葉は理解できている。

初めてで痛くないはずがない。今の言葉は、彼に特殊な性癖がないから安心してという意味なのだろうか。

確かに、ＳＭプレイとかは嫌だな、と思考が逸れた瞬間、ライナスが沙羅の胸に触れた。そのまま優しく揉みしだいてくる。

「あ……っ」

「柔らかくて気持ちいい。沙羅は全部かわいい……ここの赤い実も、もっといやらしくしてあげたい」

ライナスが右胸に顔を寄せた。

胸の頂を口に含まれ、飴玉を転がすように舌先で弄られる。

「あ、あぁ……っ、ンン……ッ」

先ほど少し解放されたと思っていた熱が、ふたたび集まってくる。快楽がどんどん高められ、沙羅の口から甘やかな吐息が漏れていた。

反対の胸にもライナスの手が刺激を与えてくる。不埒な指が蕾をころころと弄り、そしてキュウッと摘まんだ。

「んぁ……ッ」

愛液がふたたび下肢を濡らす。

沙羅が蜜を零していることも、きっとライナスにはお見通しだろう。それに気づかれたくないけれど、どうしていいかわからない。

「ライ……ライ……、アァ……」

指で摘まれたのと同じように、ライナスが胸の蕾に歯を立てて、ビリッとした刺激を与えてくる。軽く甘噛みされたのも、快楽を高める材料となった。

口と手の両方で胸を弄りながら、空いている手が沙羅のしとどに濡れた蜜口に触れる。

ちゅく……と恥ずかしい水音が届いた。

「あ、やぁ……っ、ダメ」

「あぁ……」

沙羅の制止を無視し、ライナスの指が泥濘《ぬかるみ》に沈んでいく。

「すごく熱くて、締め付けてくる。たくさん気持ちよくなってくれた証拠だ」

ライナスは指を引き抜き、沙羅の目の前に見せた。

透明な液体がライナスの指にまとわりついている。とろりとした粘液は自分が分泌したものだ。

「……っ！」

ライナスは沙羅を甘く見つめながら、指を舐めた。

「とても甘美な味がする」

――刺激が強すぎる……！

存在自体が卑猥だと思う日が来ようとは。ライナスの色気の垂れ流しを禁止にしたい。でないと、沙羅はもう取り返しがつかないほどライナスに酔ってしまう。

――もう手遅れだわ……自分でも自覚するほど、酔ってる。

ライナスの視線ひとつで心臓が痛いほど高鳴ってしまう。あの目で見つめられるのが自分だけだと思うと、独占欲が満たされたような充足感まであった。

彼の綺麗な指がふたたび泥濘に沈んでいく。一本だけだったはずが、二本目も難なく咥《くわ》え込むことができた。

「ああ、まだきついな……でも、とても気持ちよさそうだ」

「あ、あっ……んぁ……ッ」

ライナスの片手が沙羅の手を握りしめていた。シーツに押さえつけられた手は、指を絡められ恋人繫ぎをしている。

彼は端整な顔を僅かに歪めて、苦しそうに耐えていた。きっと限界が近いのだろう。うっすらと額に汗が滲んでいる。

けれど、沙羅が苦しくないように丹念に愛撫をし、固く閉ざされた扉を開こうとしてくれる。ライナスの太い指が二本も挿入できるほど、そこは柔らかくほぐされていた。

「ライ……気持ちいい……」

「……もっと、もっと気持ちよくなって……」

糖蜜をかけたようなライナスの声がとろりと響く。触れるだけのキスを顔中に落とされた。

彼の指で膣壁を擦られるのもたまらない。どんどん快楽がせり上がり、胎内に溜まった熱が出口を求めている。

熱を解放させたいのに、身体はもっと気持ちよくなりたいと貪欲に求めている。お腹の奥まで満たされたい。指だけでは物足りないのだ。

三本目の指を挿入できた頃、沙羅はもう限界とばかりにライナスを求めた。

「ライ……もう、ちょうだい……」

「っ、いや、まだダメだ」

「……おねがい」

ライナスにギュッと抱き着くと、一瞬彼の身体が強張った。すぐに抱きしめ返されて、蜜口から指が引き抜かれる。

「困った……沙羅のお願いがこれほど嬉しいなんて……。手加減できずに抱き潰したくなる」

手加減はしてほしい。だが、ライナスをもっと感じたい。

ライナスはナイトテーブルの引き出しから避妊具を取り出した。

「沙羅との子供は欲しいけど、もう少しだけ君を独り占めしたい。それに、ウエディングドレスも着てほしいから」

きちんと順序を守りたいのだという。その言葉に、大事にされているのだと実感する。

「生理痛がひどくて最近ずっとピルを飲んでるけど、ありがとう」

ライナスの黒い下着が窮屈そうに盛り上がっているのを見て、小さく息を呑む。

「……見ない方がいい？」

正直に言うと目を逸らしたい。だが、自分の秘所を舐めてほぐしてくれた人の性器を怖がるのも、フェアではないのでは、と思ってしまった。

ライナスが苦笑し、首を傾ける。

「私も恥ずかしい気持ちはあるんだが……沙羅が怖くないなら」

「こ、怖くないよ」

多分、がつくが。なにせ男性器を目にする機会など今までなかった。しかしいい大人が、少女のように怖がるのもどうだろうと思う。

——いや、いける。大丈夫。多分、きっと！

謎のやる気を見せてライナスを見つめる。彼は照れくさそうに下着をずらした。目元が赤く染まり、口から零れる吐息が艶っぽい。

端整な顔立ちをした妖艶な男が、下着から禍々《まがまが》しいものを取り出した。勢いよく跳ね出たそれは、言葉を失うような凶暴さがあった。

——おお……大きくない？　え、比較対象がないからわからないけど。いやこれ、私に入るの？　無理じゃない？

美しい顔に似合わないグロテスクさだ。まったく別の生き物に見える。血管が浮き出て、見た目は硬そう。思考が一瞬彼方へ飛ばされかけた。

「沙羅、そんなに見られると私も恥ずかしい……」

「ご、ごめん……その、男性器を見たことがなかったから驚いちゃって。……みんなこうなの？」

「……個人差はあると思うよ」

「そうだよね……みんなこんなに大きいとは限らないもんね……触ってみてもいい？」

怖い物見たさのような心境もある。もちろん、好きな人にも気持ちよくなってほしい。

ライナスは「沙羅がそうしたいなら」と言った。その言葉に甘えて、表面を指先で撫でる。つるりとした感触で、血管が凸凹《でこぼこ》している。少し触れただけでも熱さが伝わってきた。

――大きい……処女には厳しいと思う……入るかどうかは人体の神秘を信じるしかなさそう……。

先端からたらりと透明な雫が垂れてきた。

どんな味がするのだろう……と衝動的に、沙羅はぺろりと先端を舐めてみた。

「ッ！　沙羅……ッ」

ライナスが沙羅の肩を掴み、グイッと押した。そのまま身体がふたたびベッドに沈む。

「～～頼む、私を煽《あお》らないでくれ……そんなことされたら、暴走してしまう」

はあ、と零れた吐息が艶めかしい。ライナスの雄がまた大きくなった気がした。

「ごめん、ライが舐めてくれたように私もと思って……なんだか複雑な味がする。しょっぱいのか苦いのか……」

「沙羅……もう黙って」

ライナスはもう限界ぎりぎりらしい。片手で顔を覆った彼は耳まで真っ赤に染まっていた。

彼は沙羅に背中を向けて、先ほど取り出した避妊具を手早く装着した。そのまま沙羅にのしかかり、柔らかい片脚をグイッと肘にかける。

「ラ、ライ……」

「もう限界。無理。早く沙羅の中に入りたい。入らせて……」

ぐちゅぐちゅとした音が脚の間から聞こえてくる。避妊具をつけたライナスの欲望が、沙羅の蜜口を執拗に擦っていた。時折花芽を引っ掛けて、鎮まっていた快楽を引きずりだしてくる。

「あ、あぁ……んッ！」

「沙羅……力、抜いて……」

ライナスがグッと腰を押し進めた。

先端がぐぷりと沙羅の蜜口に挿入される。

「ン――ッ！」

引きつるような痛みを感じたが、我慢できないほどではない。それより内臓が圧迫される方が慣れなくて苦しい。

ライナスの肩に手を回し、なるべく身体から力を抜こうとする。

「アァァ……」

ライナスはズズ……と、慎重に挿入を進め、ようやく最奥に到達したようだった。

中がジンジンと痛む。けれど、ライナスも苦し気な顔をしているから、苦しいのは彼も同じなのだろう。

「沙羅……大丈夫か？」

　ギュッと抱きしめながらライナスが気遣ってくれた。その優しさも胸の奥を温かくさせる。

「ん……なんとか……。少し痛いけど、でも嬉しい……」

　身長差があるため、きっとライナスにはこの体勢も苦しいだろう。このままキスをするのは厳しい。それが少し残念だが、彼の体温に包まれているのを心地よく感じていた。

　ライナスが下腹に触れた。その手の奥に彼がいるのだと思うと、不思議な気持ちになる。

「ここに……私が。嬉しい……ようやく手に入れた……」

「ライ……？」

「ずっと沙羅と繋がりたかった。沙羅だけが欲しかった。愛してる、沙羅……私を受け入れてくれてありがとう」

「……っ！　そ、んなの、私もだよ……ずっと覚えていてくれて、ありがとう。私を好きになってくれて嬉しい……」

　じんわりと目頭が熱くなり涙が零れた。その雫を指で拭われる。

　しばらくじっとしていたが、ライナスが限界を訴えた。

「そろそろ動いてもいいか？」

「うん……ちょうだい」

沙羅の様子を窺いながらゆっくり律動を始めた。

膣壁が大きなもので擦られると、苦しさよりも快感が湧き上がる。内臓を押し上げられる感覚に慣れていないのに、抜けていってほしくない。

本能的に、中はライナスの欲望をギュッと締め付けていた。彼の口から苦し気な呻きが漏れる。

「ク……ッ、沙羅……あまり締めないでっ」

「え、私わかんな……」

「ああ、随分余裕ができたようだね。これなら、私ももう少し本気出していいかな？」

濃厚な色香をまき散らして、濡れた瞳が沙羅を映す。

本気というのがどの程度なのかさっぱりわからない。が、確実に足腰が立たなくなるコースではないか。

「お、お手柔らかに……！」

そう言った直後、沙羅はライナスにグイッと腕を引っ張られて、彼の上に座り込んでしまう。繋がった場所はそのままで、対面座位になった。

肩に引っかけられたままだった肌襦袢とブラジャーもシーツに落ちる。

なにも纏わない姿で、沙羅はライナスに腰を抱き寄せられていた。

「アァ……ふか、い……っ」

「これなら、お互い抱きしめ合えるだろう」

身長差があるため、体勢的にはこちらの方が楽なのだろう。だが彼の雄を深々と呑み込んでしまい、慣れない刺激のあまり沙羅の視界がチカチカした。

——あぁ、ダメ……なんか……。

思考が快楽に塗りつぶされる。密着度の上がるこの体勢では、気持ちいいことしか考えられなくなりそうだ。

ライナスが沙羅の腰を持ち、上下に揺らす。もはや自分の身体は、彼の手にゆだねられていた。

「あ、あぁ、ンアァ……ッ」

「可愛い……もっと、聞かせて。沙羅……」

「ライ……、も、ダメ……ンン……ッ！」

キスをされてギュッと胸の中に閉じ込められた直後、ライナスの欲望が震えた。

トン、トンと身体を上下に揺すられて、最後の一滴まで薄い膜越しに注がれる。

——くらくらする……。

汗ばんだ肌が心地いい。互いの心音を感じられるほど密着できて、気持ちよさと幸福感が押し寄せてきた。

「沙羅……沙羅愛してる」

「……私も……」

そう答えた直後、とろとろとした睡魔に襲われる。

もっとライナスを見つめていたいのに、沙羅の瞼はゆっくり閉じられていった。

◆　◆　◆

沙羅が意識を失った後、ライナスは名残惜し気に己の分身を彼女の中から引き抜いた。

手早く避妊具を処理し、ベッドに横たわる彼女を見下ろす。

火照った肌が薄く色づいていて、なんとも艶めかしい。薄く開いた唇に吸い寄せられるように、ふたたび唇を重ねたくなる。

あの唇が、自分の欲望を舐めたのかと思うと、胸の奥からせり上がってくるものがある。

自分の分泌液が沙羅に取り込まれたのだ。気を抜くとすぐに、嬉しい、もっと……と際限なく欲望がこみ上げる。

寝ている沙羅に無体を働くことはしたくない。だが、視線をなかなか逸らせない。

ぷっくりおいしそうに色づいた赤い実も、何度もしゃぶりたくなってしまう。ここに触れて少し摘まんだだけで、沙羅は甘い声で啼《な》くのだ。

――ああ、たまらない……。

一度出しただけでは、ライナスの欲望は治まらない。

ふたたび力を取り戻した分身に苦笑する。本能がまた、沙羅の中に入りたいと訴えているのだろう。

シーツについた赤いシミを見て、ライナスはうっそりと笑った。彼女の初めての男になれたことが、これほど嬉しいとは思わなかった。背筋にぞくぞくとした震えが走る。

彼女は今までもこれからも、ライナスしか知らないのだ。

ここまでの道のりを考えると、ようやくという言葉が思い浮かんだ。

子供の頃からずっと、沙羅の幸せを願っていた。彼女が笑顔で過ごせているかどうかが、ライナスにとって一番大事なことだった。

一人の少女がいつまでも息子の心の中にいることを、両親が悩まないはずがない。もう沙羅たちと関わることはないのだからと、再三忘れるように告げてきた。

両親が記憶を消す施設を設立したのはライナスが悪夢に魘されないようにというのが大きな理由だが、息子に沙羅のことを忘れさせたいという思惑もあったようだ。それほど、ライナスが沙羅に執着していることに危機感を覚えていたのだ。

親の力で沙羅の動向を見守るには限度がある。学生時代に起業し、ある程度まで育ったら売り、ということを繰り返すことで、まとまったお金は手にしていた。

そのお金で、遠い異国に住む少女の様子を定期的に探ることができた。当然プロの手を借りて。

沙羅が苦しんでいないか、なにか悩みを抱えていないか、笑顔で楽しく過ごせているか。

健やかな生活が送れているならば、それでよかった。自分のことが忘れられているのは寂しいが、彼女のためを思うならその方がいい。

けれど、結婚適齢期になっても、沙羅を任せられる男が現れない。

ライナスがキングフォードの製薬会社の社長のポストを選んだのは、沙羅が勤めていた鷹尾のオフィスに近かったからだ。ちょうどよく、社長のポストが空いていたというのもある。

日本に行けば、直接沙羅に会うこともできるかもしれない。淡い期待を抱き、時折彼女の様子をチェックしていた。そして彼女は友人の結婚式ではっきり宣言したのだ。自分も幸せになりたい、と。

偶然を装い、たまたま予定の入っていなかった休日に、沙羅と同じく軽井沢《かるいざわ》に来ていたのだが、その宣言が聞けたのは僥倖《ぎょうこう》だった。

鷹尾にはもう任せられない。あの男は沙羅を大切に思いながら、他の女性に手を出していたのだから。沙羅が幸せになりたいのなら、自分が幸せにしよう。

やはり自分しかいないのだと、そう思った。

ライナスも今まで女性経験がまったくなかったわけではない。両親を安心させたかったというのもあるが、自分が沙羅と一緒になれるとは思っていなかったからだ。

交際相手の女性たちには、一番大切な子は別にいる、と伝えていた。その女性たちには失礼極まりない話だが、それでもいいという女性と付き合ってきた。だが、最終的にはみんな二番目では満足できなくなり、別れることになる。

そんな経験を経て、沙羅と「はじめまして」の関係から始めてからは、一度も沙羅以外の女性に触れていない。沙羅に不誠実な男だと思われたくなかった。

沙羅にとっては偶然の出会い、ライナスにとっては必然的な再会となったあの日。沙羅とどう接触するべきかを考えていたら、彼女が一人で街を歩いているのを見かけた。

ならば……と思い、ライナスは自分のスマホを落として、なんの躊躇いもなく液晶画面を割った。困っている人を放っておけない彼女なら、助けてくれるだろうと信じて。人好きのする笑顔を浮かべて、彼女との縁を無理やり作った。

結果、紆余曲折があったがうまくいって良かったと思っている。偶然が偶然でなかったことはすでに気づかれているが。あれから沙羅は問いかけてきていないし、ライナスから説明するつもりもない。

「……本当は、君から記憶を奪いたかった」

ライナスは沙羅の耳に触れる。かつて強引に穴を開けられた耳たぶだ。

沙羅が記憶を失った最大の理由は、ライナスが犯人グループの一人を銃で撃ったからだ。沙羅に触れようとした男を、椅子の下に転がっていた拳銃を掴んでセーフティを外し、撃った。沙羅に触れる数か月前、射撃の訓練を受けたばかりだった。資産家の子供たちは自分の身をある程度守れるように、知識と経験はあった方がいいという両親の教育のおかげだった。

肩が抜けそうなほどの強い衝撃に襲われた後、銃弾は男の太ももに命中した。その銃声音をきっかけに、警察がアジトに突入してきた。

だが、沙羅は目の前で人が撃たれたことと大量の血を見たことで、悲鳴を上げて意識を失ってしまった。

怖がらせたいわけではなかった。ライナスはすぐさま沙羅を抱きしめて名前を呼んだが、目覚めなかった。

警察が突入し、場が騒然とする中、ライナスは沙羅の耳からピアスを外した。小さな鉄板に打たれた金額は、驚くほど安かった。

こんな金額で沙羅を売ろうとしていた男たちを殺してやりたくなった。なんとも屈辱的で腹立たしい。この少女の価値はそんな金額ではない。

震える手で沙羅の耳から外したそれを、ポケットに仕舞い込んだ。彼女の両親に見せるべきではないし、警察に渡すのが妥当だろうと。

その後、沙羅は日本に帰国し、入院することになった。彼女が記憶を失っていると聞いたのは、それから三週間ほど経ってからだ。ライナスも入院させられて、退院してからしばらく後のことだった。

両親から聞いた沙羅の様子に安堵したのを覚えている。彼女はこれで、これから怖い思いをせずに過ごせるに違いない、と。

だが同時に、心のどこかで寂しさがあった。こうして二十年以上沙羅に執着するほどに。

「私のことを好きになってくれてありがとう」

一般的に考えると、ライナスはストーカーと言われても否定できない。遠くから彼女を見守り続けているだけだが、似たようなものかもしれない。

恋は盲目というのを体現している気がする。ライナスの両親は息子のこの習慣を諦めているようだ。ただ、法に触れることだけはするなと口を酸っぱくして言われ続けていた。

——あの人たち、沙羅と結婚すると言ったらどんな反応をするのかな……。

母は驚きすぎて倒れてしまうかもしれない。父は戦々恐々とし、どういうことだ、罪を犯してはいないかと今までの経緯を求めるだろう。

沙羅の気持ちが本物だと知れば、安堵するはずだ。息子が一人の女性に執着したとしても、妻なら問題ないし、犯罪行為をする心配もない。彼女がライナスの今までの行動に気づかなければいいだけ。

「ね、沙羅……本当は、君のここ……お腹の奥に、私の欲望を出したくてたまらないんだ」

寝ている沙羅の下腹に触れて、片脚を抱えた。まだ潤っているそこに己の欲望を擦りつける。

「ぁ……」

「ごめんね、沙羅。我慢できなくて……」

うっすらと目を開けた彼女が、ふにゃりと微笑んだ。

「う……ん、だい……じょうぶ」

ふたたび瞼が落ちて、寝息を立ててしまう。

沙羅の寝顔を眺めながら、ライナスはうっとりした微笑を浮かべた。

先ほどとは違う薄い膜もない状態で、ゆっくり楔を押し込んだ。

挿入しただけで震えるような心地になる。

邪魔なものなどない、直に味わう沙羅の中がたまらなく気持ちいい。

意識を失っていても、沙羅の膣はきゅうきゅうと異物に吸い付いてくる。異物を排除しようとしているのか、もっと奥に招いているのか。

「……沙羅、私たちの子供は、どっちがいいかな……。男の子でも女の子でも、君に似た優しい子がいい」

沙羅がピルを飲んでいるなら、まだ妊娠することはないだろう。

ライナスは日本赴任前に一通りの健康診断と、性病の検査を受けている。一年以上女性を抱いていないし必ず避妊具を使用していたが、万が一ということもあるからだ。病気を抱えたまま沙羅を抱くことは絶対にしたくない。

ズ……ズ……と、沙羅を起こさないようにゆっくり律動を開始する。

生まれてくる子供は自分に似てほしくない。両親が味わった苦悩を自分も味わう羽目になるのは少々しんどそうだ。

これからライナスは、苦労をかけた両親に時間をかけて親孝行をするつもりでいる。きっと身を固めることが一番の親孝行になるだろう。

――沙羅沙羅沙羅沙羅……私のプリンセス……。ここに出したい。中に……。

最奥に己の欲望を注ぎたい。

けれど、目覚めた沙羅を不安にさせたくはない。初めては沙羅が起きているときがいい。なけなしの理性を発動させ、ライナスは己の楔を沙羅の中から引き抜いた。日焼けを知らない腹の上に白濁を吹きかける。

「はぁ……」

荒い呼吸を落ち着かせる。沙羅の腹にかけられた液体が、己の征服欲を満たした。

――我ながらひどい……。でも、なんて美しい……。

恍惚とした笑みを浮かべる。沙羅はどんな姿をしていても可愛くて美しい。ライナスの白濁に穢されている姿を写真に収めておきたい。だが、それがばれたら嫌われてしまうだろう。

欲望の残骸を指ですくう。それをそっと沙羅の膣壁に塗り込んだ。いつか直接お腹の奥で飲み込んでほしいと思いながら。

濡れタオルを用意し、沙羅から情事の痕跡を消す。ぐっすり眠る姿を愛おしく見つめて、先ほど撮った写真を思い出した。スマホの方はパソコンにも転送しておこう。一眼レフもサイズを指定し、プリントしなくては。

名残惜し気にベッドルームを後にし、書斎に入る。壁一面の本棚には、二十年に及ぶ沙羅の写真が保存されていた。初めの数年はライナスの父親が一年に一度調査報告書を取り寄せていただけなので、枚数はほとんどない。

それから数年後、ライナスが自力で稼げるようになってから枚数が増えた。

一番新しいアルバムを手にする。六月の軽井沢、沙羅の友人の結婚式での写真だ。綺麗に着飾った姿はとても愛らしく、下心のある男が彼女に声をかけなくて本当によかったと思っている。

書斎机に置かれたままの手帳を手にし、自分が書いたメモに何度も目を通す。

沙羅が好きなもの、嫌いなもの。彼女は、誰かに幸せにしてもらうことを望まないから、今後もライナスは発言に気を付けようと思っている。今でも彼は、沙羅を幸せにすることに全力を注ぐつもりだが、彼女はそれを望んでいないから。

沙羅に関することは些細なことでも、手帳に記載している。沙羅に見つかっても簡単にはわからないようにウィステリアの古語で。

なにがあっても、ライナスの優先順位は沙羅が一番。仕事やその他はすべて二番目以降だ。けれどそのことを沙羅は喜ばないだろうから、ライナスも馬鹿正直に言うつもりはない。

ライナスの世界の中心には、昔もこれからも変わらず沙羅がいる。両腕で抱きしめて、すべての煩わしさから守りたい。けれど、沙羅が隣を歩くことを望んでいるから、彼女の前では理解ある男を装うのだ。

「この気持ち、君にはわからないって思われているから、私は真人間を装うことにする」

もう二度と彼女に怖いと思われたくない。あんな目で見られないよう、ライナスは彼女が望む自分を演じ続けると決めた。

――沙羅の願いを叶えて安心感を与えて、自分だけに甘えて依存するようになってくれたらいい。

そう願いながら、ライナスは沙羅の寝顔を飽きずに見続けていた。

エピローグ

「どう？　痛む？」

「うん……大丈夫。ちょっとジンジンするけど、ちゃんと冷やしたからそれほど痛くないよ」

ライナスの自宅のリビングにて、沙羅はライナスにピアス用の穴を開けてもらっていた。

彼の耳にも、沙羅が先ほど開けて付けたファーストピアスが光っている。仕事上あまり派手にはできないためライナスは片耳だけ、沙羅は両耳を開けた。

沙羅は手鏡で確認し、一粒のクリスタルのピアスをじっくり眺める。ライナスも沙羅と同じものだ。

沙羅にとってピアスを開けるのは人生初だが、記憶がないだけで実際は二回目だ。だがそれも片耳しか開けていなかったため、両耳を開けるのは今回が初めて。

今まで苦手だと思って避けてきたが、大好きな婚約者に開けてもらえるならと喜んで彼の提案を受け入れた。彼の耳にも自分が開けたピアスホールがあると思うと、なんだか特別なことをした気分になる。

「すごく似合ってるけど、目立つかな？　この程度なら大丈夫かな」

「カラーストーンじゃないから大丈夫だよ。穴が定着するまでしばらくは楽しめないけど」

「そういえば確か、片方の耳だけにピアスをしている男性って、なにか意味があったはず。……右耳のみはゲイの人が目印ですることもあるって」

スマホでパパッと検索すると、そういう意味合いが広まっているらしい。

「ライがゲイだと思われたら女性から狙われることがなくなるかもしれないけど、男性がライバルになるのも……どう戦ったらいいか経験がないからわからないわ……」

「沙羅にはライバルなんてできないよ。それなら後でまたピアッサーを買ってくるから、左耳も開けたらいい」

「え、いいの？」

「もちろん。堂々と沙羅とお揃いのピアスをして出社しよう。なにか訊かれたら、可愛いフィアンセが開けてくれたって自慢するから」

「フィ……！」

沙羅の顔がみるみる赤くなる。職場の人間に知られるのはまだ早い気がした。

「ああ、沙羅の虫よけも考えないと。エンゲージリングはどこの鉱山がいい？　ダイヤモンドでもそれ以外でも、好きな石があればとびっきりのを探してこよう」

ライナスの声が弾んでいる。

まさか鉱山から尋ねられるとは思っておらず、沙羅は冷や汗が出そうになる。

「泥棒に狙われないようなもので……シンプルなリングがいいかな」

「謙虚だね。でも、私を求めるときは貪欲になってもらいたいな」

「ど、努力します……」

抱きしめられながら甘いお願いをされる。その温かさに身をゆだねて、触れるだけのキスをした。

そのうち沙羅の左手の薬指に、ライナスから贈られたエンゲージリングを嵌めることになるだろう。少しだけくすぐったいが待ち遠しい。

彼が望むように、きっと世界一幸せな花嫁になる。そして沙羅もライナスを幸せにできるように努力するのだ。

「二人で幸せになろうね」

「……うん、二人で」

――これからの私の幸せは、ありのままの私を愛してくれる人と共に力を合わせて生きること。

そう願う沙羅を、ライナスは優しく包み込むような眼差しで見つめていた。

あとがき

こんにちは、月城《つきしろ》うさぎです。

『溺愛御曹司の幸せな執着』をお読みいただきありがとうございました。

ソーニャ文庫様では久しぶりの現代物です。世界観は違いますが、『俺様御曹司』、『腹黒御曹司』に続く御曹司シリーズの三作目になりました。いつもよりぎっしり書かせていただきましたので、ボリュームたっぷりでお届けできたかと思います。

今作は「幸せ」がテーマになっています。君がまだ幸せじゃないなら私が幸せにしてあげよう、と言いながら迫ってくる架空の国の御曹司の話です。

ヒロインの沙羅が何度も幸せについて考えるので、作者も幸せってなんだっけ……と考えておりました（子供の頃こんなテレビ番組があった気がする）。

忙しい日々を送っていると、自分の幸せについて考える余裕がなくなっているように感じます。人生の転機以外でいつ幸せを考えるのだろう……？　と思ったので、この作品が皆さんの幸せについて考えるきっかけになっていたら嬉しいです。

ヒーローのライナスについて、あまり作者が語るべきではないと思うのですが……、もし気持ち悪いなと感じられていたら私も同じ気持ちです（握手）！　遠くからずっと見守ってきたというのはストーカーとも少し違うので、なんという変態か悩むところです。

ライナスが沙羅と結婚すると聞いて、きっと十年以上も沙羅の報告書を送り続けていた方たちが一番喜んだことでしょう。でもすぐに、これって喜んでいいの……？　と震えが走ったのではないかと思います。

私としては、沙羅は鷹尾を選んだ方が幸せだったんじゃないかなという気持ちもあるのですが、きっとライナスは沙羅に理想の男を見せ続けて彼女を幸せにすることでしょう。

イラストを担当してくださった藤浪《ふじなみ》まり様、美形なライナスと可愛い沙羅、そしてイケメンな鷹尾を描いてくださりありがとうございました！　ライダースジャケットを着た鷹尾がイケメンすぎて、おおー！　と声を上げました。ライナスが照れている表情も胸キュンです。振袖姿の沙羅もポップで可愛くてお気に入りです。

担当編集者のY様、今回も大変お世話になりました。いつもありがとうございます。幸せって難しいですね……日々の小さな幸せを積み重ねていきたいと思います。

この本に携わってくださった校正様、デザイナー様、書店様、営業様、そして読者の皆様、ありがとうございました。

楽しんでいただけましたら嬉しいです。

月城うさぎ

この本を読んでのご意見・ご感想をお待ちしております。

◆ あて先 ◆

〒101-0051
東京都千代田区神田神保町2-4-7 久月神田ビル
㈱イースト・プレス　ソーニャ文庫編集部
月城うさぎ先生／藤浪まり先生

溺愛御曹司《できあいおんぞうし》の幸《しあわ》せな執着《しゅうちゃく》

2021年6月6日　第1刷発行

著　　者　月城《つきしろ》うさぎ
イラスト　藤浪《ふじなみ》まり
装　　丁　imagejack.inc
D T P　松井和彌
編集・発行人　安本千恵子
発 行 所　株式会社イースト・プレス
〒101－0051
東京都千代田区神田神保町2－4－7 久月神田ビル
TEL 03－5213－4700　　FAX 03－5213－4701
印 刷 所　中央精版印刷株式会社

ISBN 978-4-7816-9700-0